Herr über Leben und Tod

Marion Karadeniz

Herr über Leben und Tod

Bibliografische Information der Deutschen Nationalbibliothek
Die Deutsche Nationalbibliothek verzeichnet diese Publikation
in der Deutschen Nationalbibliografie; detaillierte bibliografische
Daten sind im Internet über http://dnb.dnb.de abrufbar.

© 2015 Marion Karadeniz
Umschlagdesign, Satz, Herstellung und Verlag:
BoD – Books on Demand
ISBN 978-3-7386-7318-0

Kapitel 1

»Das Ganze war ein Fehler. Wir hätten das niemals tun dürfen. Mein Gott, Sam, wir könnten dafür immer noch ins Gefängnis gehen!« Grace fuhr sich durch die halblangen, blond gesträhnten Haare. Sie war aufgewühlt. Samuel sah es an ihren flackernden Augen. So schaute sie immer, wenn sie mit den Nerven am Ende war. Er kannte diese Seite an ihr, auch wenn er sie schon lange nicht mehr so erlebt hatte. Ihre flackernden Augen waren ein Bild aus der überwunden geglaubten Vergangenheit.

Samuel spürte, dass sich alles in ihm gegen dieses Gespräch wehrte. Es war ihm in letzter Zeit immer besser gelungen, die ganze Geschichte hinter sich zu lassen. Die Tage oder manchmal Wochen der Verdrängung waren die glücklichen Zeiten ihrer Ehe gewesen. Aber jetzt hatte sie die Vergangenheit wieder eingeholt. Die Ängste von damals waren zurück, so als wäre es gestern erst geschehen. Irgendwie mussten sie auch dieses Kapitel überstehen. Samuel blickte sich im Café um. Niemand schien das Paar zu beachten. Dennoch war es ihm unangenehm, dieses Thema hier zu besprechen. Er atmete tief durch und ergriff ihre Hand.

»Das bringt doch jetzt nichts, Grace. Wir können nicht mehr ändern, was geschehen ist. Wir müssen uns auf die Gegenwart konzentrieren. Wir müssen einen klaren Kopf bewahren und ganz genau überlegen, was jetzt zu tun ist.«

»Ich kann das nicht mehr, Sam. Mein Kopf ist einfach nicht mehr klar, wenn ich an diese ganze Sache denke. Ich hatte gehofft, es wäre endgültig vorbei.«

Ja, das hatten sie beide gehofft. Samuel versank für einen kurzen Moment in seinen Gedanken. Damals vor fünf Jahren schien alles zunächst so einfach zu sein. Sie hatten gemeinsam den perfekten Mord geplant. Es gab nichts, woran sie nicht gedacht hatten. Mit der

Durchführung selbst hatten sie gar nichts zu tun gehabt. Es war ein einfacher, klarer Auftrag gewesen. Rein geschäftsmäßig, wie Samuel es auch von seiner Arbeit bei der Severing Corporation kannte. Ein Auftrag wurde gegen Geld an jemanden vergeben, zu dem man keinerlei weitere Beziehungen hatte. Damals hatten sie nicht mal gewusst, wie der Mann hieß, der die Sache erledigt hatte. Und das war ihnen auch gänzlich egal gewesen. Er und Grace hatten nicht geahnt, wie sehr die Schuld auf ihnen lasten würde und wie schwierig es war, nach dieser Tat unbeschwert weiterzuleben. Überhaupt weiterzuleben. Und jetzt hatte sich der Killer plötzlich bei Grace gemeldet, und damit war alles wieder ganz nah. Diese ganze Sache würde sie immer begleiten, das war ihm jetzt völlig klar. Nie würden sie frei davon sein.

Grace hatte Samuel nach dem Gespräch mit dem Killer sofort angerufen. Sie konnte sich nicht sicher sein, ob der Mann am Telefon wirklich derjenige war, der vor fünf Jahren den Auftrag erhalten hatte, ihren Ehemann umzubringen. Aber wer sollte es sonst gewesen sein? Grace hatte damals nie direkt mit ihm gesprochen. Alle Absprachen waren über einen Verbindungsmann gelaufen, der stets aus einer Telefonzelle angerufen hatte. Aber heute Morgen, als sie plötzlich die Stimme des Killers hörte, hatten ihre Hände zu zittern begonnen.

»Noch ist nichts verloren, Grace. Lass uns heute Abend weiterreden ...«, Samuel sah unauffällig auf die Uhr. In einer halben Stunde hatte er einen wichtigen Termin. Er wollte auch nicht länger in diesem Café darüber sprechen. Was, wenn jemand hier zufällig etwas mitbekäme? Damals waren sie immer so vorsichtig gewesen. Keine Telefonate, keine E-Mails. Und jetzt hatte dieser Mensch einfach so zu Hause angerufen! Woher hatte er überhaupt die Nummer?

»Sam, ich denke, wir haben keine Wahl«, unterbrach Grace seine Gedanken. »Wir müssen auf seine Forderung eingehen. Wir müssen zahlen. Ich fürchte nur, er wird damit nicht zufrieden sein. Er wird uns immer wieder belästigen.«

»Hast du nicht gesagt, er wäre krank?«, Samuel senkte seine Stimme,

damit ihn die Gäste an den Nachbartischen nicht hören konnten. Er schaute nervös nach links und rechts, fast jeder Tisch war besetzt. Gerade nahmen zwei junge Frauen an dem Tisch neben ihnen Platz. »Vielleicht hat sich das Problem dann ja bald von selbst erledigt«, sagte er leise.
»Ja, das hat er behauptet. Aber vielleicht stimmt es ja gar nicht.«
»Warum sollte er es dann sagen? Lass uns bitte rational bleiben, Grace. Wir sollten von der wahrscheinlichsten Variante ausgehen.«
»Und du findest es wahrscheinlich, dass ein Auftragskiller uns die Wahrheit sagt? Das ist ein Verbrecher, Sam! Der erpresst uns jetzt, weil er denkt, dass wir ihm damals nicht genug Geld gezahlt haben. Und wenn es einmal funktioniert, wird er es immer wieder tun. Er weiß ja, dass wir nicht zur Polizei gehen können.«
»Moment mal, hast du nicht gerade selbst gesagt, dass wir keine Wahl haben und ihm das Geld zahlen müssen?«, flüsterte Samuel.
Grace strich sich nervös durch die Haare. Sie schaute ihn mit einer Mischung aus Wut und Verzweiflung an. »Was erwartest du von mir? Ich habe doch schon gesagt, dass ich nicht mehr weiß, was richtig ist. Es gelingt mir nicht mehr, klar zu denken.«

Beide schwiegen einen Moment. Samuel wollte seine Frau irgendwie beruhigen. Er musste außerdem zu seinem Termin.
»Wir haben unsere Liebe auf einem Verbrechen aufgebaut«, hatte Grace einmal zu ihm gesagt, als sie wenige Wochen nach der Tat nachts wach lag und von Albträumen geplagt war. »Nein, nicht unsere Liebe«, hatte er geantwortet, »die bestand vorher schon. Nur unser Vermögen.«
»Weißt du, Grace, wenn es stimmt, dass er sterbenskrank ist, dann wird die geforderte Summe reichen, um ihm einen angenehmen Lebensabend zu bescheren. Dann wird er uns vielleicht nie wieder belästigen. Und uns kann das Geld nun wirklich egal sein. Das, was er haben will, ist weniger als unser Zinsertrag vom letzten Jahr.«
Wieder hatte er ganz leise gesprochen. Den letzten Satz hatte er nur

geflüstert. Das sollte nun wirklich niemand hören. Grace schaute ihn an, als hätte sie ihm gar nicht zugehört.
»Es geht mir ja gar nicht um das Geld. Ich hätte ihm damals auch das Doppelte gezahlt, wenn er danach gefragt hätte. Wer weiß schon, welcher Preis für so etwas angemessen ist? Trotzdem …«
»Ich weiß, mein Schatz. Ich hätte das auch gerne endlich vergessen.«
»Weißt du, was mich am meisten schockiert hat?«
»Was denn?«
»Dass er genau wusste, wie viel Geld uns die Versicherung damals gezahlt hat. Er wusste es auf den Cent genau. Woher hatte er diese Information?«
»Dein Mann war in ganz Lansing und darüber hinaus bekannt. Die Presse hat ausführlich über sein Verschwinden berichtet. Es kann sein, dass die Versicherungssumme damals in der Zeitung stand.«
»Das kann ich mir nicht vorstellen. Und selbst wenn, der Mord ist jetzt fünf Jahre her. Warum sollte er das jetzt noch so genau wissen? Er hat doch sicher ganz viele Menschen auf dem Gewissen. Töten ist doch schließlich sein Beruf!«

Kapitel 2

William Russel White, genannt Bill, kauerte hinter dem großen Forsythienbusch, der außerhalb des abgezäunten Geländes lag, aber unmittelbar an den Gartenzaun grenzte. Es war ein kalter Februarabend, er würde hier nicht lange ausharren können. Dafür aber wurde es früh dunkel, daher mochte er diese Jahreszeit. Von seiner Position aus hatte er einen direkten Blick auf das Wohnzimmer von Grace und Samuel Shoemaker. Die komplette Front war verglast. Das Paar musste einen wunderbaren Blick in den parkähnlichen Garten haben. Er konnte das teure Ledersofa und die Kunstwerke an den Wänden erkennen. Wie so oft wunderte er sich, dass die beiden noch nicht bemerkt haben, dass man sie von dieser Stelle aus wunderbar beobachten konnte. Ein Scharfschütze könnte wahrscheinlich sogar gezielt auf einen der beiden schießen. Bill musste lächeln. Trotz ihres Reichtums und der Alarmanlage am Haus war das Traumpaar verwundbar, und sie merkten es nicht einmal. Und dabei hielten sich die beiden wahrscheinlich noch für besonders klug.

Bill konnte erkennen, dass Grace und Samuel sich jetzt auf ihrer Couchlandschaft gegenübersaßen. Beide hielten ein Glas in der Hand. Heute sah es nicht so aus, als würden sie den Abend gemütlich mit Champagner einleiten, um sich dann von ihrem Koch ein Drei-Gänge-Menü servieren zu lassen, wie er es bereits viele Male beobachtet hatte. Zum Essen gab es meist Wein. Nach dem Dessert nahmen die beiden gewöhnlich ihre Gläser mit auf die Couch und häufig schalteten sie dann den Fernseher ein oder sie griffen beide zu einer Zeitschrift. Bill litt darunter, das Paar zu beobachten, und gleichzeitig konnte er sich nicht davon losreißen. Es war wie eine Sucht. Er hasste diese Selbstgefälligkeit, die sie ausstrahlten. Am schlimmsten war es beim Fernsehen. Beide saßen dann auf der langen Couch, die im 90-Grad-Winkel zum Plasmabildschirm stand. Samuel legte eines der Seidenkissen auf seinen Schoß und Grace bettete ihren Kopf darauf. Ihre Füße reichten bis zum anderen Ende der Couch. Beide schauten dann genau in seine Richtung. Aber natürlich hatten sie ihn noch nie bemerkt. Wie sollten sie auch wahrnehmen, dass da jemand draußen in der Kälte saß? Dieser Platz hier hinter dem Busch war ihre Achillesferse.

Er wusste gar nicht mehr genau, seit wann er die beiden bereits beobachtete. Letzten Winter war er jedenfalls auch schon hier gewesen. Zuerst war ihm die Prachtvilla nur deswegen aufgefallen, weil sie genau auf seinem Weg von der Arbeit nach Hause lag. In dem Städtchen Lansing in Michigan war eine solche Villa schon etwas Besonderes. Die Shoemakers wohnten am Stadtrand, wenige Meilen von Bills Wohnung im Nachbarort entfernt. Erst einige Zeit später war ihm klar geworden, wer in dieser Villa lebte. Er war Grace Shoemaker nur ein einziges Mal zufällig in der Drogerie am Ende der Straße begegnet. Natürlich waren sie sich nie vorgestellt worden, aber er kannte ihr Gesicht aus der Zeitung. Schon das Bild von ihr hatte er nicht gemocht. Als er sie in der Drogerie an der Kasse stehen sah, wusste er, dass er diese Frau hasste. Er war geradezu besessen davon, ihr und ihrem jetzigen Ehemann Schaden zuzufügen. Er fand alles an den beiden unerträglich: den Reichtum, die Unbeschwertheit, den Erfolg, das Glück. Grace hatte nach dem Tod ihres ersten Mannes Timothy Severing ihren Namen und ihre Adresse geändert. Aber er wusste Bescheid, sie hatte keine Chance mehr, sich zu verstecken.

Die Severing Corporation war der größte Arbeitgeber im Ort. Soweit er wusste, wurden dort Medikamente produziert und in alle Welt verkauft. Jetzt, wo Timothy Severing tot war, machte jemand anders die Arbeit, aber die feine Grace kassierte weiterhin ab. Die Firma war für sie eine Geldmaschine. Ihren neuen Mann Samuel hatte sie auch in der Firma kennen gelernt. In der Firma ihres Mannes! Aber das war ganz typisch für sie. Erst den Mann aus dem Weg räumen, sich einen der Mitarbeiter schnappen und immer weiter abkassieren! Zusätzlich 1,3 Millionen Dollar von der Lebensversicherung. Bill wusste alles über diese Frau und ihre Machenschaften, er hatte bis ins kleinste Detail recherchiert. Dabei hatte sie gar nichts getan für ihre Protzvilla und ihre Autos, die in einer ordentlichen Reihe in der Garage standen.

Er hatte die Arbeit gemacht und dafür hatte diese Frau ihn mit einem lächerlichen Betrag abgespeist. Absolut lächerlich! Dabei hatte er gute Arbeit geleistet. Sogar auf den Tag zu warten, an dem der lange angekündigte Sturm losbrach, war seine Idee gewesen. Alleine für diese geniale Idee hatte er eine deutlich bessere Entlohnung nun wirklich verdient! Unter anderen Umständen hätte die Polizei die Ermittlungen sicher nicht so schnell eingestellt. So aber haben sie den Eisregen für seinen Tod verantwortlich gemacht. Das war für alle ein einfacher und plausibler Grund, auch wenn Herr Severing bereits in seinem feuchten Grab lag, als der Sturm so richtig losbrach. Er hätte die Hälfte von der Versicherungssumme verlangen sollen. Mindestens. Aber die ganzen Zusammenhänge hatte er erst später erfahren. Und jetzt wollte er sich nur holen, was ihm zustand.

Die Idee mit der Erpressung war ihm erst gekommen, als er von seinem Lungenkrebs erfahren hatte. Nun hatte er nichts mehr zu verlieren. Wenn er schon sterben musste, wollte er in seinen letzten Lebensmonaten wenigstens nicht jeden Dollar zweimal umdrehen müssen. Und seinen Job als Schreiner würde er auch aufgeben. Seinen lukrativen Zweitjob natürlich sowieso, denn dafür musste man körperlich topfit sein. 100.000 Dollar fand er eine angemessene Summe, um ein Jahr lang in Saus und Braus zu leben. Anschließend würde er ohnehin tot sein. Auch wenn sich der Arzt nicht eindeutig festlegen wollte, ging er davon aus, dass er maximal noch ein Jahr vor sich hatte. Sobald er das Geld hatte, konnte er auch aufhören, dieser verhassten Frau beim Leben zuzuschauen. Doch diese Ungerechtigkeit musste er noch klären. Das war alles, was jetzt noch zählte.

Während Bill von seinem Versteck aus jede Bewegung der beiden beobachtete, fragte er sich, ob sie wohl gerade über ihn sprachen. Sein Telefonat mit Grace war heute Morgen gewesen. Es schien ihm so, als wäre das Paar nun etwas unruhig. Es sah gar nicht so aus, als wolle Grace an diesem Abend ihren Kopf in Samuels Schoß legen und mit ihren Zehen die Sofakante am anderen Ende berühren. Stattdessen stand sie ständig auf, lief umher und setzte sich dann wieder. Nur, um dann wieder aufzustehen und umherzulaufen. So eine Frau musste einen normalen Menschen doch total verrückt machen! Und es sollte noch besser kommen! Sicher wird sie noch unruhiger, wenn ich sie gleich mal anrufe, dachte Bill und grinste in sich hinein. Bei alten Geschäftspartnern sollte man sich doch hin und wieder melden, oder? Sicher vermisst die gute Grace mich jetzt schon. Unser Telefonat ist ja bereits ein paar Stunden her. Er griff zum Handy und wählte ihre Nummer.

Kapitel 3

Kaum war Samuel nach Hause gekommen, hatten er und Grace ihre Unterhaltung vom Mittag fortgesetzt. Sie drehten sich immer wieder im Kreis, ohne eine Lösung für ihr Problem zu finden.
»Was genau hat er heute Morgen noch mal zu dir gesagt?«, Samuel wurde etwas ungeduldig. Grace schien sich nicht wirklich an den Wortlaut des Gesprächs erinnern zu können.
»Es war so was wie: ›Ich werde ohnehin nicht mehr lange hier sein, ich habe nichts zu verlieren‹, oder so ähnlich.«
»Ich werde nicht mehr lange hier sein? Er hat also gar nicht gesagt, dass er krank ist?«
»Nein, so ganz deutlich, glaube ich, hat er das vielleicht nicht gesagt. Ganz sicher bin ich mir nicht. Aber ich habe es so verstanden, dass er bald sterben würde. Was könnte er auch sonst gemeint haben?«
»Keine Ahnung, vielleicht will er auswandern. Irgendwohin, wo ihn niemand findet.«
Grace stand auf und ging im Wohnzimmer hin und her. »Wie auch immer, wir werden das jetzt nicht herausfinden. Wir können ihn ja schlecht danach fragen.«
»Was habt ihr denn vereinbart? Ich meine, wann wird er sich wieder melden? Bisher hat er ja nur die Summe genannt, aber nicht die Modalitäten der Übergabe.«
»Er hat gesagt, er wird sich wieder melden, mehr nicht.«
»An diesem Telefon?« Samuel deutete mit der Hand auf den Apparat, der auf einem kleinen Beistelltisch im Wohnzimmer stand.
»Ja, natürlich an diesem Telefon, wo denn sonst?«, Grace setzte sich auf das Sofa. Sie saß am äußersten Rand, so als wolle sie gleich wieder aufstehen.
»Aber wann er noch mal anruft, hat er nicht gesagt?«
»Nein, er hat gleich wieder aufgelegt. Das Gespräch war sehr kurz.

Sam, ich habe dir das doch alles schon erzählt. Es wird nicht besser, wenn du mich immer wieder fragst.«

Samuel war nach einem Schnaps zumute, aber er wollte einen klaren Kopf behalten. Sie mussten nachdenken. Grace war wieder aufgestanden und stellte sich nun hinter den großen Sessel.
»Also Grace, ich denke, du hast es heute Mittag schon richtig gesagt: Wir zahlen ihm die Summe und hoffen, dass er sich dann nicht mehr meldet. Sollte das nicht aufhören, können wir immer noch die Polizei einschalten und sagen, dass er uns wegen etwas anderem erpresst hat.«
»Wegen was denn?«
»Irgendwas Privates. Ein Seitensprung oder so was. Da fällt uns schon was ein. Die Polizei würde ohnehin eher uns als ihm glauben. Da kann er erzählen was er will. Immerhin ist er ein Mörder!«
»Und wenn sie das ganze Verfahren noch mal aufrollen? Wenn er ihnen die Wahrheit sagt? Wenn er Beweise hat?«
»Er wird keine Beweise haben. Damit hätte er sich ja selbst in Gefahr gebracht.«
»Aber das ...«

In dem Moment klingelte das Telefon. Der Ton war so laut, dass beide erschreckt zusammenfuhren.
»Vielleicht ist er das?«, fragte Grace ängstlich. Sie sah Samuel hilfesuchend an, nahm dann aber selbst den Hörer ab.
»Shoemaker.«
»Wie schön, Frau Shoemaker, Ihre Stimme wieder zu hören!«
Graces' Knie wurden weich. Es war der Killer. Sie atmete tief durch, während er weitersprach.
»Das Treffen ist morgen um 20 Uhr. Den Ort erfahren Sie noch.«
»Morgen? Bis dahin können wir das Geld niemals besorgen ... Hallo? Hören Sie ...«
Aber der Killer hatte schon aufgelegt.
»Mist«, sagte Samuel und nahm Grace den Hörer ab, um ihn wieder

auf die Gabel zu legen.«»Morgen schon. Wie sollen wir bis dahin so viel Bargeld auftreiben?«
»Wie viel können wir denn abheben? Weißt du das?«, fragte Grace.
»So genau nicht, ehrlich gesagt. Grundsätzlich hätten wir natürlich genug Festgeld, das wir abheben könnten, aber ich kann doch nicht zur Bank gehen und sagen: Bitte zahlen Sie mir 100.000 Dollar aus. Damit macht man sich heutzutage doch verdächtig!«
»Aber meinen Saab haben wir doch auch in bar bezahlt. Kannst du nicht sagen, dass du das Geld für ein Auto brauchst?« Grace war nun wesentlich ruhiger geworden. Jetzt gab es ein konkretes Problem zu lösen und sie konzentrierte sich ganz darauf.
»100.000 für einen Autokauf in bar? Meinst du, die glauben mir das?«
»Und was ist mit den Kreditkarten? Wie viel Geld kann man denn vom Automaten abheben?«
»Das kommt darauf an. Meistens ist das ganz wenig. Warte, ich hole mal die Unterlagen.«

Fast bis Mitternacht saßen die beiden über ihren Akten und studierten Kreditkartenbedingungen, Konten und Geldanlagen. Samuel hatte eine Platin-Kreditkarte mit einem täglichen Limit für Bargeldauszahlungen von 2.500 Dollar und eine weitere Kreditkarte mit einem Limit von 500 Dollar. Graces' Karte hatte dagegen nur ein tägliches Limit von 400 Dollar. Würden sie sich das Geld am Automaten holen wollen, müssten sie einen ganzen Monat lang jeden Tag dieses Limit ausschöpfen. Das ergab keinen Sinn, zumal sie sich damit wahrscheinlich verdächtig machten oder die Auszahlung irgendwann gesperrt wurde. Es blieb also nur der Weg über die Filialen. Jeder von ihnen hatte ein eigenes Konto, jedoch bei unterschiedlichen Banken. Auf einem Konto gingen die Gehälter von Samuel ein, auf dem anderen Konto die Dividenden und sonstigen Erträge aus dem Kapitalvermögen von Grace. Nach einigen Stunden hatten sie einen Plan gefasst. Beide würden morgen zu ihrer Bank gehen und eine Auszahlung von 50.000 Dollar für einen Autokauf beantragen. Das war der einzige

Weg. Und das war ja auch eigentlich ganz einfach. Mit diesem Gedanken gingen sie schlafen.

»Sam«, sagte Grace, als beide nebeneinander im Bett lagen.
»Ja?«
»Gehen wir morgen gemeinsam zur Übergabe?«
Samuel richtete sich auf.
»Nein, Grace. Lass mich das alleine machen. Es ist zu gefährlich, wenn wir zusammen hingehen.«
»Warum sollte das gefährlicher sein, als wenn du alleine bist?«
»Wenn etwas schiefgeht, dann wäre es gut, wenn einer von uns in Sicherheit ist und im Notfall Hilfe holen kann.«
»Glaubst du denn, dass was schiefgehen könnte?«, in Graces' Stimme war leichte Panik zu hören. Sie hatte sich jetzt auch aufgesetzt.
»Nein, ich denke nicht, Grace. Aber nur für den Fall, dass es eben nicht so läuft wie gedacht.«
»Du meinst, wenn du am Abend nicht wiederkommst?«, Grace sprach ganz leise.
Samuel musste sich eingestehen, dass es genau das war, woran er gedacht hatte. Was wäre, wenn der Killer ihn kidnappen würde? Oder töten?
»Ja, dann solltest du zur Polizei gehen«, sagte er ruhig.
»Ich weiß wirklich nicht, wie ich das alles aushalten soll.«
»Du wirst es aushalten. Es bleibt uns ja nichts anderes übrig.«

Kapitel 4

Bill war beschwingt, als er die Tür zu seiner Wohnung aufschloss. Er hatte den Shoemakers einen ordentlichen Schrecken eingejagt, das konnte man deutlich spüren! Alleine deswegen hat sich die Aktion schon gelohnt. Und die 100.000 Dollar würde er noch zusätzlich bekommen. Er legte die Post auf den Küchentisch und ging zum Kühlschrank, um sich ein Bier zu holen. Seine Wohnung war geräumig und modern. Nicht vergleichbar mit der Villa von Shoemakers, aber durch harte Arbeit hatte er es doch zu einem gewissen Wohlstand gebracht. Er trank das Bier direkt aus der Flasche. Nach dem ersten Schluck fühlte er sich noch besser und öffnete mit der Hand die beiden Umschläge, die er in seinem Briefkasten gefunden hatte. Im ersten steckte eine Rechnung. Eine Mahnung, genauer gesagt. Er legte sie zur Seite und fragte sich, wann er wohl aufhören würde, solche Briefe zu beachten. Noch würde er die Rechnungen wohl zahlen müssen, da ja niemand so genau sagen konnte, wie lange er noch leben würde.
Der zweite Brief war handgeschrieben. So etwas hatte er seit vielen Jahren nicht mehr bekommen. Er nahm einen weiteren großen Schluck von seinem Bier und fing an zu lesen.

»*Lieber Herr White,*

wir sind uns noch nicht begegnet, aber ich habe gestern Ihre Adresse vom Jugendamt erhalten. Mein Name ist Anna Nolan und ich bin Ihre leibliche Tochter, die Sie vor 17 Jahren zur Adoption freigegeben haben. Bitte machen Sie sich keine Sorgen. Ich habe keinerlei Forderungen an Sie und möchte Ihnen auch keine Vorwürfe machen. Ich wollte Ihnen nur mitteilen, dass es mir gut gegangen ist bei meiner Pflegefamilie. Ich habe alles gehabt, was man sich wünschen kann. Ich werde dieses Jahr die High School abschließen und habe dann vor, Jura zu studieren. Wenn Sie – so wie ich – auch neugierig sind und mir einen Brief zurückschreiben oder ein Treffen mit mir vereinbaren wollen, würde ich mich sehr freuen. Wie gesagt, Sie haben nichts zu befürchten. Es würde mir nur darum gehen, Sie einmal kennenzulernen. Anbei meine Adresse, E-Mail und Telefonnummer.«

Aus dem Briefumschlag fiel ein Passfoto, das ein hübsches junges Mädchen zeigte. Hellbraune, lange Haare. Ein rundes, sehr zartes, fast transparentes Gesicht. Bill starrte das Bild an. Hatte sich hier jemand einen Scherz erlaubt? Konnte das wirklich seine Tochter sein? Aber warum hieß sie Anna? Sie hatten das Baby doch anders genannt. Er dachte nach. Wie war der Name noch? War das wirklich 17 Jahre her? Er hatte die Existenz dieses Mädchens vollkommen aus seinem Gedächtnis verbannt. Aber in der Tat, das Alter konnte ungefähr stimmen. Er hatte nie Kinder gewollt und das schreiende Knäuel war ihm auch irgendwie fremd geblieben. Aber Jo hatte es abgöttisch geliebt. Aber dann hatte sie diesen Unfall und Jo war einfach so von einem auf den anderen Moment tot. Er hätte das Knäuel nicht behalten können. Auf keinen Fall. Auch das Jugendamt war gar nicht überrascht, dass er das Baby zur Adoption freigab. In den Monaten danach hatte er manchmal an sie gedacht. Hatte sich gefragt, was aus dem Baby geworden war. Aber es war noch so klein, es hatte für ihn kein Gesicht und keine Eigenschaften. Außer an das ständige Schreien konnte er sich an nichts erinnern.

Er konnte nicht glauben, dass der Brief wirklich von diesem schreienden Bündel gekommen war. Er wollte auch nicht an diese Zeit zurückdenken. An Jos Tod und die Betäubung, die er im Alkohol und später auch in LSD gesucht hatte. Sie waren gerade dabei gewesen, sich ein gemeinsames Leben aufzubauen.

Kurze Zeit nach Jos Tod hatte er seinen ersten Auftrag angenommen. Damit war er zum Herren über Leben und Tod geworden. Aber auch das konnte ihm Jo nicht zurückbringen. Nach der ersten Tat hatte er sich nur noch einsamer und trauriger gefühlt. Und dennoch war das Töten so einfach gewesen. So erschreckend einfach. Immerhin

war das Baby dann bald weg. Er war erleichtert gewesen, als er es abgeben konnte. Er hatte nicht wissen wollen, wer die Pflegeeltern waren und wo sie wohnten. Aber er konnte sich vage erinnern, dass das Jugendamt ihn informiert hatte, dass das Mädchen ab einem bestimmten Alter das Recht hätte, seinen Namen zu erfahren, sofern sie das wünschte. Damals schien das noch so ewig lange hin zu sein. Er hatte nicht damit gerechnet, dass es jemals passieren würde.
Bill schüttelte den Kopf. Wahrscheinlich war der Brief ohnehin nicht echt. Er nahm noch einen Schluck aus der Flasche. Vermutlich hatte sich hier jemand wirklich nur einen Scherz erlaubt. Er würde nicht darauf hereinfallen. Er nahm den Brief, zerriss ihn und warf die Fetzen in den Mülleimer.

Später am Abend holte er das Foto wieder aus dem Papierkorb und klebte es mit Tesafilm zusammen. Er hängte das Bild mit einem Magnet an den Kühlschrank. Da störte es ja erst mal nicht. Wegschmeißen konnte er es ja immer noch.

Kapitel 5

Kommissar Jason Klein saß an seinem Schreibtisch über einer Akte. Er ertappte sich dabei, wie seine Gedanken zu seiner heutigen Verabredung abschweiften. Seit fast einem Jahr war er nun mit der Paartherapeutin Susan Smith zusammen. Nach seiner Scheidung vor fast zwei Jahren hatte er eigentlich nicht damit gerechnet, noch einmal eine dauerhafte Beziehung einzugehen. Er hatte sich vollständig in die Arbeit gestürzt und kaum etwas um sich herum wahrgenommen. So war es auch nicht verwunderlich, dass ausgerechnet sein Mitarbeiter und guter Freund Jack Bernard derjenige war, der ihm Susan vorgestellt hatte. Jason lächelte, als er an diesen Abend dachte. Er hatte die unkomplizierte, freundliche Frau sofort gemocht. Dennoch hätte er sich niemals getraut, sie von sich aus anzurufen. Ohne ihre Initiative wären sie heute ganz bestimmt kein Paar.

Jason wurde aus seinen Gedanken gerissen, als es an der Tür klopfte. Kurz darauf betrat Carl sein Büro.
»Chef, wir haben gerade einen Anruf vom Bootsverleih bekommen. Die haben eine Leiche im Fluss gefunden. Muss schon recht lange dort liegen. Der Besitzer des Bootsverleihs wirkte ziemlich schockiert.«
»Eine Leiche im Fluss? Hast du die Vermisstendatei geprüft?«
»Noch nicht, mache ich aber gleich. Ich habe erst mal die Kollegen angerufen, damit sie die Leiche abholen und in die Pathologie bringen. Wir werden wohl erst in den nächsten Tagen mehr erfahren.«
»Alles klar. Danke dir, Carl. Möglicherweise war es ja ein Selbstmord.«
»Hoffen wir mal, dass es kein Mord war. Wir haben ja ohnehin schon genug mit den aktuellen Fällen zu tun. Eine alte Wasserleiche können wir wirklich nicht auch noch gebrauchen.«

Carl hatte Recht, die Mordkommission war im Moment überlastet. Jason wusste das, konnte seinem Team aber die Mehrarbeit nicht ersparen. Derzeit war es nicht möglich, mehr Personal einzustellen, und so blieb ihm nur die Hoffnung, dass sich die Situation bald entspannen würde.

Jason wandte sich wieder seiner Arbeit zu. Er war heute Abend um acht Uhr mit Susan verabredet. Bis dahin wollte er die Akte gelesen und diverse E-Mails seiner Vorgesetzten beantwortet haben. Der Stapel mit der Post auf seinem Schreibtisch musste auch noch durchgeschaut und verteilt werden. Früher war es ihm egal gewesen, wie lange sein Arbeitstag im Büro dauerte, aber seit Susan in sein Leben getreten war, hatte sich so vieles verändert. Er hatte vorher praktisch kein Privatleben gehabt, deshalb war die Arbeit sein ganzer Lebensinhalt gewesen. Jetzt war ihm die Arbeit immer noch wichtig, aber er hatte wieder einen Menschen, den er liebte. Anders als in der Zeit direkt nach der Scheidung freute er sich wieder auf den Feierabend und die Wochenenden. Diese Veränderung in seinem Leben war auch der Grund dafür, dass er sensibler auf seine Mitarbeiter reagierte. Er konnte heute besser nachvollziehen, dass es manchmal schwierig war, Privatleben und Beruf unter einen Hut zu bekommen.

Jason Klein war als Chef immer beliebt gewesen, aber seit einigen Monaten hatten seine Mitarbeiter eine weichere, verständnisvollere Seite an ihm kennengelernt, die ihnen vorher verborgen geblieben war. Nur diejenigen, die ihn besser kannten, so wie Jack und ein paar andere, wussten oder ahnten zumindest, dass die neue Beziehung diesen Wandel bewirkt hatte.

Pünktlich um 20 Uhr klingelte Susan an Jasons Tür. Er war vor wenigen Minuten erst nach Hause gekommen und hatte gerade noch seinen Anzug gegen eine bequeme Jeanshose getauscht. Das weiße Hemd hatte er anbehalten. Er öffnete die Tür und begrüßte Susan mit einem Kuss.

»Komm herein, mein Schatz! Leider habe ich mal wieder kaum etwas zu essen im Hause, aber wir können ja zum ›Tex-Mex‹ gehen. Einverstanden?«

»Ja, gerne. Bist du schon so weit? Dann können wir ja gleich los. Ich habe einen Bärenhunger!«

Der Mexikaner um die Ecke war mittlerweile so etwas wie ihr Stammlokal. Es war eigentlich nicht nach Susans Geschmack, so oft essen zu gehen. Sie war eine leidenschaftliche Köchin und blieb am Abend gerne mal zu Hause. Am Wochenende verwöhnte sie Jason häufig mit ausgefallenen Gerichten aus aller Welt. Aber unter der Woche war es für Jason aus Zeitgründen einfach ungünstig, bis zu ihrer Wohnung zu fahren. Sie schafften es ohnehin selten genug, sich unter der Woche zu treffen, denn Susan hatte in ihrer Beratungspraxis für Paare auch häufiger Abendtermine. Sie war zwar nicht völlig ausgelastet und hatte hin und wieder mal einen Nachmittag frei, aber dann nutzte sie die Zeit für Einkäufe und Behördengänge. Die Praxis lief gut und die Einnahmen am Ende des Monats stimmten auch immer. Seit ihre Geschäftspartnerin und Freundin Miranda Adams mit in die Praxis eingestiegen war und sie nun auch eine juristische Beratung anbieten konnten, war die Anzahl an Kunden deutlich gestiegen.

»Sag mal, Susan«, begann Jason, als die beiden ihren Taco-Salat schon beinahe aufgegessen hatten, »findest du nicht auch, dass wir jetzt lange genug Verabredungen hatten wie zwei Teenager?«
»Wie meinst du das?«, Susans Stimme klang alarmiert.
»Ich wollte dich fragen, ob du nicht Lust hast, bei mir einzuziehen. In meinem Haus ist mehr als genug Platz für uns beide. Du kannst sogar deine Möbel mitbringen, wenn du willst.«
»Warum sollte ich in dein Haus ziehen? Du wohnst so weit außerhalb und ich bin ja bewusst in die Innenstadt gezogen, damit ich alles in der Nähe habe.«
»Also sorry, Susan, ich will dir wirklich nicht zu nahe treten. Ich finde deine Wohnung auch ganz entzückend, aber sie ist einfach zu klein für uns beide. Ich hätte darin ja nicht mal ein Arbeitszimmer. Außerdem ist sie gemietet, während das Haus mir gehört.«

»Und weil dir das Haus gehört, gehst du davon aus, dass ich zu dir ziehen will?«
»Du kannst ja alles ändern, was dir nicht gefällt. Ich würde nur so gerne … Ich dachte, dass wir … Ich würde dich gerne einfach öfter um mich haben, das ist alles.«
Jason merkte, wie seine Hände feucht wurden und sein Herz schneller schlug. Hatte er sich getäuscht? War es Susan gar nicht so ernst mit ihrer Beziehung? Wollte sie gar nicht mit ihm zusammenleben? Er konnte die Antwort nicht in ihrem Gesicht lesen. Sie wirkte, als würde sie nach den richtigen Worten ringen.
»Ich würde auch gerne mehr mit dir zusammen sein und den Alltag mit dir leben. Aber der Gedanke, in dein Haus einzuziehen, ist mir irgendwie noch fremd. Lass mich darüber nachdenken, okay?«
»Natürlich, ich wollte dich nicht damit überfallen. Du hast alle Zeit der Welt, darüber nachzudenken.«

Wenig später standen die beiden wieder vor Jasons Haus.
»Willst du noch mit reinkommen?«
»Nein, heute lieber nicht«, antwortete Susan. »Ich muss morgen früh raus, ich fahre jetzt lieber nach Hause.«
»In Ordnung. Am Wochenende haben wir dann wieder mehr Zeit füreinander, nicht wahr?«, Jasons Stimme klang hoffnungsvoll.
»Ja, haben wir. Ich freue mich darauf.«
Mit einem Kuss verabschiedete sich Susan von ihm. Jason sah ihr nach, wie sie zu ihrem Auto ging. Er hatte ein ungutes Gefühl. Bisher war alles mit Susan so unkompliziert gewesen. Was war nur heute mit ihr los? Warum hatte sie so komisch auf sein Angebot reagiert, bei ihm einzuziehen? Irgendwie hatte er erwartet, dass sie sich das auch wünschen würde. Es wäre ja für sie beide das Beste. Konnte sie das denn nicht sehen?

Kapitel 6

»50.000 Dollar in bar?«, der Schalterangestellte wirkte seriös, freundlich und emotionslos.

Es klang wie eine normale Frage, dennoch war Samuel nervös. Er versuchte, seinem Gegenüber direkt in die Augen zu schauen.

»Ja, genau. Ich brauche das Geld für einen Autokauf, wissen Sie.«

Kaum hatte er dies ausgesprochen, geriet er schon ins Grübeln. Musste er das erklären? Wirkte es nicht zu defensiv? Samuel Shoemaker war ein vermögender Mann. Er war ein guter Kunde dieser Bank und hatte für Vermögensfragen seinen eigenen persönlichen Berater, den er auch außerhalb der Sprechzeiten anrufen konnte. Jetzt würde man ihm doch wohl einen kleinen Teil seines Vermögens auszahlen können, oder?

»Einen Moment bitte, Herr Shoemaker«, sagte der Bankangestellte höflich und verschwand.

Was machte er jetzt? Holte er das Geld? Es dauerte eine Minute, dann kam ein junger Mann an den Schalter, den Samuel vorher noch nie gesehen hatte.

»Guten Tag, Herr Shoemaker. Mein Name ist Nicolas Coleman. Ich bin der stellvertretende Leiter dieser Filiale.«

»Guten Tag, Herr Coleman«, Samuel reichte ihm die Hand.

»Ich hörte von meinem Kollegen, dass Sie eine größere Abhebung in bar machen möchten?«

»Ja genau, für einen Autokauf.«

»Ich verstehe. Leider muss ich Ihnen mitteilen, dass wir für Barauszahlungen ein maximales Limit von 25.000 Dollar haben. Größere Auszahlungen müssen angemeldet werden, unter Vorlage des Verwendungsnachweises.«

»Moment mal, Sie wollen mir sagen, dass ich über mein eigenes Geld nicht verfügen kann?«

»Tut mir leid, Herr Shoemaker, so sind nun mal die Vorschriften.

Wenn Sie uns den Kaufvertrag vorlegen, könnten wir die Gesamtsumme, sagen wir mal, bis Anfang nächster Woche bereitstellen.«
»Nächste Woche? Das ist zu spät. Gibt es gar keine andere Möglichkeit?«
»Nein, leider nicht. Sie könnten die Summe aber natürlich auch überweisen und dem Verkäufer die Bestätigung hierfür vorlegen. Dies wird bei Autokäufen normalerweise auch akzeptiert.«
»In meinem Fall aber eben nicht«, antwortete Samuel und startete gleich noch einen Versuch: »Wie kann das denn sein? Ich bin seit Jahren Kunde bei dieser Bank, mein Kundenberater Herr Snider kann Ihnen das sicher bestätigen. Ist er denn heute nicht im Büro?«
»Es tut mir leid, Herr Shoemaker. Aber wie ich schon sagte, sind das unsere Vorschriften. Wir können leider auch für gute Kunden wie Sie keine Ausnahme machen. Ich hoffe, Sie verstehen das.«
Samuel war klar, dass es keinen Sinn hatte, weiter zu diskutieren. Herr Coleman stand vor ihm wie eine Wand und würde seine Haltung sicher nicht ändern, egal, was er jetzt tat oder sagte.
»Also gut, dann zahlen Sie mir bitte die 25.000 aus. Ich werde dann sehen, was ich machen kann.«
»Wie Sie wünschen, Herr Shoemaker.«
»Wie lange gilt denn das Limit? Ich meine, wann könnte ich den Rest abheben?«
Der Angestellte schaute auf den Kalender, der vor ihm auf dem Tresen stand.
»Es handelt sich um ein monatliches Limit. Sie könnten die restliche Summe also erst in etwa zwei Wochen abheben.«
»Ich werde die restliche Summe dann überweisen.«
»Wir können das gleich hier für Sie erledigen, wenn Sie wünschen.«
»Nein, danke. Ich mache das später online. Ich muss erst mal die Kontonummer erfragen.«

Samuel wirkte nach außen ganz ruhig, er wollte keinen Verdacht erregen. Innerlich aber überschlugen sich seine Gedanken. Was sollte er jetzt machen? Wie konnte er an das Geld herankommen?

Als der stellvertretende Filialleiter begann, vor seinen Augen die unendlich vielen Scheine zu je 100 Dollar zu zählen, wurde Samuel immer nervöser. Wie lange würde das noch dauern?
Endlich hatte er den Packen Scheine erhalten und den Beleg unterzeichnet. Als er draußen war, versuchte er, mit seinen beiden Kreditkarten noch Geld aus dem Automaten zu ziehen. Erstaunlicherweise gelang ihm das. Er hatte jetzt also noch weitere 3.000 Dollar. Ob es dafür auch ein Limit gab, oder konnte er jeden Tag 3.000 am Automaten holen?
Samuel verspürte den Impuls, Grace auf ihrem Handy anzurufen, dachte aber dann, es wäre besser, direkt nach Hause zu fahren. Möglicherweise war seine Frau auch gerade bei ihrer Bank. Vielleicht hatte sie ja mehr Glück.

Zu Hause angekommen, empfing Grace ihn schon an der Tür.
»Wie viel Geld hast du bekommen?«, fragte sie.
»Nur 25.000, und du?«, entgegnete Samuel, während er sich den Mantel auszog.
»Auch 25.000. Was machen wir jetzt?«
»Was sollen wir schon machen? Ich gebe ihm erst mal die Summe, die wir haben. Mehr können wir eben so kurzfristig nicht besorgen. Du hast ihm ja bereits am Telefon gesagt, dass das nicht so einfach ist. Wenn er nicht völlig dämlich ist, müsste er das eigentlich auch wissen. Ich habe noch 3.000 aus dem Automaten gezogen. Ich werde ihm also gut die Hälfte geben und dann um Aufschub bitten.«
Samuel stellte seinen Aktenkoffer ab und ging in die Küche. Er schenkte sich ein Glas Wasser ein und schaute auf die Uhr. Noch eine Stunde bis zur Übergabe. Er versuchte, möglichst nicht über das nachzudenken, was ihm bevorstand. Sein Herz schlug schon jetzt bis zum Hals.
»Hast du den Ort der Übergabe erfahren?«, fragte er, als Grace zu ihm in die Küche kam.
»Ja, das hier habe ich im Briefkasten gefunden.« Sie reichte ihm

einen Zettel, auf dem handgeschrieben stand: »Bei der alten Mühle am Bach.«
Samuel kannte die Mühle, bis dahin würde er mit dem Auto etwa eine halbe Stunde brauchen.
»Du sagst, im Briefkasten?«, fragte Samuel dann und schaute seine Frau an. »Er war also hier?«
Auch Grace hatte den Gedanken unangenehm gefunden.
»Ja, er muss wohl hier gewesen sein. Ich habe den Zettel gefunden, als ich die Post geholt habe. Das war so gegen Mittag.«
»Grace, lass mich da bitte alleine hinfahren, in Ordnung? So wie wir es gestern Abend besprochen haben.« Er hätte es nicht ertragen, sie dabeizuhaben. Er musste das alleine machen.
»Ja, in Ordnung. Aber bitte sei vorsichtig!«
Er schaute seine Frau an. Mit ihren gerade mal vierzig Jahren sah sie plötzlich grau und eingefallen aus. Wahrscheinlich hatte sie in der letzten Nacht nicht geschlafen. Ebenso wenig wie er.
»Ich muss in einer halben Stunde los.«
»Willst du vorher noch was essen?«, fragte Grace, aber in Wahrheit kannte sie die Antwort schon. Keiner von beiden könnte jetzt einen Bissen herunterbekommen.

Kapitel 7

Auf dem Weg zur alten Mühle war Samuel fast schlecht vor Aufregung. Er hatte panische Angst davor, dass der Killer ihn einfach abknallen würde. Dabei musste er sich selbst immer wieder sagen, dass es für diese Befürchtung gar keinen Grund gab. Der Killer wollte an sein Geld, warum sollte er ihm etwas antun? Aber alleine die Tatsache, dass er in wenigen Minuten jemandem gegenüberstehen würde, der getötet hatte, war eine unangenehme Vorstellung. Dabei waren ja er und Grace es gewesen, die diesen Killer engagiert hatten. Sie wollten dem Verbrechen eigentlich nie so nahe kommen, aber jetzt musste er sich eingestehen, dass auch sie Blut an den Fingern hatten. Er hatte keine Ahnung, wie sein Leben verlaufen wäre, wenn Graces erster Mann noch leben würde.
Er dachte daran, wie alles gekommen war. Immer wieder hatten sie sich damals den Kopf zerbrochen und immer wieder waren sie zu der Ansicht gelangt, dass dies der einzige Ausweg war. So absurd es am Anfang auch für ihn geklungen hatte, Grace hatte ihn mit der Zeit davon überzeugt.

Samuel war unterdessen bei der alten Mühle angekommen. Sie sah völlig verlassen aus. Sollte er aussteigen und auf der anderen Seite nachsehen, ob dort jemand war? Oder sollte er im Wagen sitzen bleiben? Letztlich entschied er sich, im Auto zu warten.
Es war bereits vier Minuten vor acht. Samuel griff nach dem Umschlag mit den Geldscheinen und hielt ihn in der Hand, als würde dieser ihm Sicherheit geben. Er schickte ein Stoßgebet gen Himmel und hoffte, dass er diesen Abend überstehen würde.

Zehn Minuten nach acht kam ein Motorrad angefahren und blieb wenige Meter vor seinem Mercedes stehen. Ein Mann stieg ab, behielt aber seinen Helm und die Motorradmütze auf. War das der

Killer? Samuel blieb im Auto sitzen und öffnete lediglich das Seitenfenster.
Der Mann kam auf ihn zu.
»Hast du das Geld?«, rief er, sobald er an der Autotür angekommen war. Seine Stimme klang etwas gedämmt durch den Helm. Samuel konnte kaum seine Augen erkennen. Er fühlte sich auf einmal wie eingeschlossen auf seinem Autositz. Zudem wollte er nicht zu dem Killer aufschauen. Er öffnete die Fahrertür und stieg aus, den Umschlag mit dem Geld in der Hand. »Hören Sie, wir haben so viel Geld besorgt, wie wir innerhalb eines Tages auftreiben konnten. Aber mehr konnte uns die Bank nicht auszahlen.« Er übergab ihm den Umschlag.
»Wie viel ist das?«, fragte der Motorradfahrer, während er den Umschlag leicht öffnete und hineinschaute.
»Es sind 53.000.«
»Soll das ein Witz sein? Ich weiß, dass ihr viel mehr Kohle habt! Ich lasse mich nicht verarschen!«
»Darum geht es ja nicht. Natürlich haben wir das Geld. Wir brauchen nur mehr Zeit, um es zu besorgen. Als Bargeld, meine ich. Die Bank zahlt nicht so viel auf einmal aus.«
Der Motorradfahrer schwieg eine paar Sekunden, als denke er nach.
»Wie lange?«
»Zwei Wochen, dann sollten wir das Geld zusammenhaben.«
»So viel Zeit habe ich nicht. Eine Woche. In genau einer Woche wieder hier. Und keine Tricks, sonst werdet ihr das bereuen!«
Mit diesen Worten drehte der Vermummte sich um und ging zurück zu seinem Motorrad. Er packte den Umschlag mit den Scheinen in seine Tasche, setzte sich auf die Maschine und fuhr los.
Samuel ließ sich wieder in den Fahrersitz fallen. Er war erleichtert. Der Killer war wieder verschwunden. Er hatte ihnen eine Woche Aufschub gegeben. Samuel hatte sein Gesicht nicht gesehen, und doch erschien der Killer ihm irgendwie menschlicher, als er ihn sich vorgestellt hatte. Erst als er längst wieder die Hauptstraße entlangfuhr, fiel

ihm der Grund dafür ein. Der Killer hatte das Geld nicht nachgezählt. Er hatte ihm geglaubt.

Als Samuel vor der Villa ankam, stand Grace bereits in der Haustür.
»Alles in Ordnung, mein Schatz!«, rief er gleich, als er aus dem Wagen ausstieg. Wenige Sekunden später lagen sich beide in den Armen.
»Ich bin so froh, dass du wieder da bist. Ich habe mir solche Sorgen gemacht! Wie ist es gewesen? Was hat er gesagt?«
»Wir haben eine Woche Aufschub.«
»Eine Woche? Reicht uns das denn?«
»Wir haben ja jetzt das ganze Wochenende Zeit, um uns etwas zu überlegen. Es wird uns schon etwas einfallen, Grace. Ich bin jedenfalls sehr erleichtert. Und ich brauche jetzt erst mal einen Schnaps!«

Kapitel 8

Samuel wachte leicht verkatert auf. Er brauchte ein paar Sekunden, bis er sich erinnerte. Dies war kein unbeschwerter Samstagmorgen. Sie wurden erpresst und der Albtraum war noch nicht vorbei. Er schaute auf die andere Seite des Bettes. Grace war schon aufgestanden. Das war ungewöhnlich, sie liebte es eigentlich, am Wochenende länger liegen zu bleiben. Samuel hatte leichte Kopfschmerzen und brauchte dringend einen Kaffee. Kaum war er im Flur, nahm er den Geruch von Kaffee aus der Küche wahr. Grace hatte bereits den Frühstückstisch gedeckt. Sie saß mit einer Tasse Kaffee vor einem Notizblock und ihrem iPad.

Wenige Minuten später stand Samuel frisch geduscht und mit nassen Haaren neben ihr.
»Guten Morgen, mein Schatz«, er küsste sie auf die Stirn. »Du bist ja schon schwer aktiv!«
»Guten Morgen, Sam. Ich habe eine Idee, wie wir an das Bargeld kommen. Wenn die Bank uns das Geld für einen Kauf nicht auszahlt, müssen wir es einfach umgekehrt machen: Wir verkaufen gegen Bargeld.«
»Was verkaufen wir denn?«, wollte Samuel wissen und schenkte sich eine Tasse Kaffee ein.
»Wir verkaufen den Saab. Wenn wir ihn heute ins Netz stellen, können wir ihn sicher schon Montag oder Dienstag verkaufen. 30.000 sollten wir dafür auf jeden Fall bekommen. Außerdem könnte ich meine Perlenketten heute zum Schmuckladen bringen. Keine Ahnung, was die wert sind, aber ein paar Tausend werden wir dafür sicher auch bekommen.«
»Du willst deine Perlenketten verkaufen? Das ist doch alter Familienschmuck!«
»Sam, wann hast du mich das letzte Mal mit Perlenkette gesehen? Ich

habe drei davon, und nur eine trage ich ab und zu.« Grace lachte ihn an. Sie war jetzt voller Optimismus und Tatendrang. Die Verzweiflung der letzten Tage schien wie weggeblasen zu sein.

Samuel erlebte diese Wandlung nicht zum ersten Mal, und doch war er immer wieder überrascht, wenn er das zweite Gesicht seiner Frau wahrnahm. Wenn sie keinen Ausweg sah, wirkte sie schwach und verletzlich. Aber sobald sie glaubte, eine Lösung gefunden zu haben, war sie nicht zu bremsen. Sie war klug und stark. Diese Seite liebte er besonders an ihr.

Damals war es genauso gewesen. Sie hatte jahrelang unter der Ehe mit ihrem damaligen Mann gelitten, aber sobald sie den Plan gefasst hatte, ihn endgültig loszuwerden, war sie zu neuem Leben erwacht. Sie hatte ihren Plan umgesetzt, auch wenn er noch so gewagt zu sein schien. Was sie vorschlug, war genau das Richtige, davon war Samuel überzeugt. So würde es gehen. Das Koffein tat allmählich seine Wirkung und ließ ihn im Kopf wieder klar werden. Auch er wusste jetzt, was zu tun war.

Am Abend saß das Paar erneut am Esstisch zusammen. Grace hatte zwei Fertiggerichte in der Mikrowelle aufgewärmt. Der Koch, der sie unter der Woche versorgte, hatte am Wochenende frei. Häufig gingen sie samstagabends in ein schickes Steak-Restaurant. Heute aber sei es besser, die Bargeldbestände zu schonen, hatte Grace nur halb im Scherz gesagt. Samuel hatte zum Ausgleich für das eher karge Mahl einen der teuren Weine aus dem Keller geholt. Beide waren in gelöster Stimmung. Sie hatten den Tag über einiges geschafft. Sie hatten ansprechende Fotos vom Saab zum Verkauf ins Internet gestellt und den Kaufvertrag bereits vorbereitet. Der erste Interessent hatte sich auch schon für morgen angemeldet. Samuel, der als Vertriebsleiter in der Severing Corporation arbeitete, hatte sich für Montag einen Tag freigenommen. Wegen dringender Familienangelegenheiten, hatte er am Telefon gesagt. Er wollte sicherstellen, dass er den Verkauf des Autos unter Dach und Fach bekam. Grace hatte 8.000 Dollar für ihre beiden

Perlenketten bekommen. Auch heute hatte Samuel 3.000 Dollar aus dem Geldautomaten gezogen und Grace ihr tägliches Limit von 400 Dollar ausgeschöpft. Sofern sie für das Auto 30.000 bekommen würden, fehlten nur noch ein paar tausend Dollar, um auf die noch fehlende Summe zu kommen. Wahrscheinlich würden sie den Rest sogar aus dem Geldautomaten bekommen können, sodass sie nicht noch einmal in die Bankfilialen gehen mussten. Vor allem Samuel fand diese Vorstellung sehr beruhigend, denn er wollte auf keinen Fall noch einmal mit dem stellvertretenden Filialleiter sprechen müssen.

Kapitel 9

»Das ist eine echte Sensation!«, rief Jack Bernard. »Jetzt werden wir die Presse am Hals haben, mit allem Drum und Dran. Marc sagt, wir sollten so bald wie möglich eine Pressekonferenz veranstalten.«
Jason saß hinter seinem Schreibtisch und Jack setzte sich ihm gegenüber. Beide waren nicht gerade Fans von Pressekonferenzen. Am Ende wusste man nie, was die Zeitungen schrieben und wie das die Ermittlungen beeinflussen würde. Aber Marc Weatherhead war der leitende Oberstaatsanwalt und hatte die Außenwirkung der Polizeiarbeit stets im Blick.
»Und es gibt wirklich gar keinen Zweifel?«, fragte Jason.
»Was die Todesursache angeht, gibt es keinen Zweifel. Da ist sich der Pathologe absolut sicher. Der Mann war schon tot, als er ins Wasser geworfen wurde. Er wurde erwürgt, und anschließend hat man ganz offensichtlich einen Unfall vorgetäuscht.«
»Und du meinst, es könnte sich um diesen Unternehmer handeln? Wie hieß er noch?«
»Timothy Severing. Zeitlich würde es passen, er ist vor ziemlich genau fünf Jahren verunglückt und für tot erklärt worden, aber seine Leiche wurde nie gefunden.«
»Und damals hat man eine Straftat gar nicht in Betracht gezogen?«
»Doch schon. Es wurde auch im Hinblick auf einen möglichen Mord ermittelt, jedenfalls sind einige Zeugenbefragungen in den Akten zu finden. Aber da die Kollegen keine heiße Spur finden konnten, wurden die Ermittlungen eingestellt.«
Jack hatte die Akten ausführlich studiert. Für seinen Geschmack hatte man sich recht schnell auf die Theorie vom Unfalltod gestützt, aber das wollte er lieber für sich behalten. Er war damals nicht in die Ermittlungen einbezogen und Kollegen zu kritisieren war so gar nicht seine Art.
»Was hat man denn damals gedacht, wie er verunglückt sein soll?«

»Wir hatten an dem Tag ein riesiges Unwetter mit Eisregen. Ich kann mich noch genau erinnern, weil Barbara und ich eigentlich in Urlaub fahren wollten und dann die Abfahrt verschoben haben. Es gab mehrere Tote in der Nacht. Da sein Wagen am Flussufer stand, hat man angenommen, dass er dem Verkehrschaos entgehen wollte und zu Fuß weitergelaufen ist. Dabei hätte er leicht in den Fluss stürzen können. Es war in wenigen Minuten alles spiegelglatt.«

»Dann hatte der Mörder also einfach nur Glück, dass an dem Tag ein Unwetter war?«, fragte Jason etwas ungläubig.

»Oder es war von langer Hand geplant. Das Unwetter wurde ja schon Tage vorher angekündigt. Natürlich wusste man nicht genau, wie schlimm es werden würde.«

»Also nach Totschlag im Affekt klingt das auf jeden Fall nicht.« Jason wirkte resigniert.

»Nein, ich glaube da waren Profis am Werk.«

»Aber wir sind noch nicht sicher, ob es dieser Severing ist, oder? Es könnte auch jemand ganz anderes sein?«

»Ja, natürlich. Genau wissen wir es noch nicht. Und eine Identifizierung macht bei dem Zustand der Leiche natürlich wenig Sinn. Aber seine Frau konnte uns damals nach seinem Verschwinden ein paar Haare von ihm zur Verfügung stellen. Das sollte für einen DNA-Test reichen. Es wird allerdings ein paar Tage dauern.«

»Dann sollten wir seine Frau erst kontaktieren, wenn wir Sicherheit haben. Und anschließend gehen wir vor die Presse. Bis dahin sollten möglichst wenige Personen einbezogen werden, um das Risiko gering zu halten, dass vorzeitig etwas nach außen dringt.«

»Ja, so machen wir es«, stimmte Jack zu. »Hoffen wir, dass wir schnell ein Ergebnis haben.«

»Wir werden Ermittlungen anstellen müssen, egal ob es dieser Severing ist oder nicht. Ich frage mich ehrlich, wie wir das auch noch machen sollen, in diesem ganzen Chaos hier.« Jason blickte zu den Akten, die sich auf seinem Schreibtisch stapelten. In Gedanken war er schon bei den nächsten Schritten, die jetzt nötig sein würden.

Die beiden Männer waren die Letzten auf dem Flur. Jack schaute auf seine Armbanduhr. Es war fast neun Uhr am Abend.
»Weißt du was, Jason, der Abend ist ja ohnehin gelaufen und meine beiden Engelchen liegen schon im Bett. Lass uns noch ein Bier trinken gehen, was meinst du?«
»Ja, ich denke, das ist jetzt genau das Richtige!«, erwiderte Jason und stand auf.

Wenig später saßen sich die beiden Männer in einem Pub am Ecktisch gegenüber. Jeder hatte ein großes Glas Pils vor sich stehen und eine Schale mit Nüssen, die der Wirt ihnen gebracht hatte.
»Ist wirklich ewig her, dass wir zusammen ein Bier getrunken haben, oder?«, begann Jack. »Seit du wieder liiert bist, sieht man dich ja außerhalb des Büros praktisch gar nicht mehr.«
»Du hast Recht, es ist lange her. Aber mache nicht Susan dafür verantwortlich. Es ist auch der Stress, den wir im Moment haben. Da kommt einiges zu kurz.«
»Ja, das stimmt. Im Moment laufen wir alle auf Hochtouren. Ich hoffe, Susan macht das mit. Ich meine, Barbara ist ja selbst bei der Polizei, die kennt das. Aber Susan ...«
»Sie hat eigentlich auch Verständnis dafür, das ist nicht das Problem.« Jason nahm einen großen Schluck Bier. Jack schaute den Freund aufmerksam an.
»Gibt es denn ein anderes Problem?«
»Wieso?«
»Na, du hast gesagt, das sei nicht das Problem. War das nur so dahingesagt oder gibt es da noch was anderes?«
»Na ja, ich weiß nicht mal, ob es ein wirkliches Problem ist.« Jason hielt inne. Sollte er Jack davon erzählen? Aber warum eigentlich nicht? Dann fuhr er fort: »Ich habe sie gefragt, ob sie zu mir ziehen will, und sie hat abgelehnt.«
»Sie hat abgelehnt? Das wundert mich. Vielleicht geht ihr einfach alles zu schnell.«

»Zu schnell? Wir sind jetzt seit einem Jahr zusammen. Und wir sind nun mal keine Teenager mehr. Ich will in meinem Alter nicht jahrelang Verabredungen haben, verstehst du? Ich würde mir einfach wünschen, sie wäre zu Hause, wenn ich abends komme. Klingt das jetzt sehr spießig?«

»Nein, ich finde das ganz normal. Aber hat sie denn gesagt, warum sie nicht zu dir ziehen will?«

Jason versuchte, sich den genauen Wortlaut des Gesprächs mit Susan ins Gedächtnis zu rufen.

»So deutlich nicht, aber sie hat gesagt, sie könne sich nicht vorstellen, bei mir einzuziehen, oder so etwas Ähnliches.«

»Vielleicht will sie nur nicht im gleichen Haus wohnen, in dem du vorher mit deiner Exfrau gelebt hast.«

»Aber das wäre doch nun wirklich albern! Sie hat überhaupt keinen Grund, eifersüchtig zu sein. Maggie und ich haben uns seit der Scheidung praktisch nicht mehr gesehen. Das ist doch alles auch schon so lange her.«

»Mit Eifersucht muss das vielleicht gar nicht unbedingt etwas zu tun haben. Vielleicht will sie einfach nur mit dir ein neues Nest bauen und nicht in ein bestehendes Nest einziehen.«

Jason schaute seinen Freund erstaunt an.

»Ich wusste ja gar nicht, dass du so poetisch veranlagt bist! ›Ein neues Nest bauen‹, das klingt wie aus einem Roman. Ein ziemlich kitschiger Roman allerdings.«

»Das muss am Bier liegen, Chef«, lächelte Jack.

Kapitel 10

Bill war zufrieden, als er an diesem Freitag nach Hause kam und die Tür hinter sich schloss. Dies war vermutlich sein letzter Arbeitstag in der Schreinerei gewesen. Wenn heute Abend alles klappte und er das restliche Geld bekam, dann konnte er am Montag kündigen. Am frühen Morgen hatte er einen Arzttermin und anschließend würde er in die Schreinerei fahren und seinem Chef Mick mitteilen, dass er nicht mehr kommen werde. Er hatte sich diesen Moment schon mehrmals ausgemalt. Mick würde sicher nicht darauf bestehen, dass er die vierwöchige Kündigungsfrist einhielt. In seiner cholerischen Art würde er ihn anstarren, sich aufplustern und ihn anbrüllen, dass er dann auch gleich verschwinden könne. Er konnte diesen Satz förmlich in seinen Ohren hören. Und genau das würde er auch tun. Selbst wenn er ihm das letzte Gehalt nicht mehr zahlen würde, wäre ihm das egal. Mit den 100.000 hätte er mehr als genug Geld. Er hoffte nur, dass es bei der Übergabe heute nicht wieder irgendwelche Probleme gab. Es musste für diese feinen Leute doch wohl möglich sein, die paar Piepen zusammenzukratzen. Er hatte sich geärgert, dass Samuel Shoemaker beim ersten Treffen nicht gleich alles dabeihatte. Wenn man nur noch wenig Zeit hatte, machte eine Woche schon einen Unterschied! Aber egal, es ging ihm momentan gut. Er hatte kaum Schmerzen und fühlte sich auch nicht so schlapp wie in den letzten Wochen. Und heute Abend würde er ein reicher Mann sein!

Als er gerade dabei war zu überlegen, was er sich mit dem Geld als Erstes kaufen würde, klingelte es an der Tür. Er öffnete und vor ihm stand eine junge Frau, die ihm irgendwie bekannt vorkam.
»Herr White?«, fragte sie freundlich.
»Ja?«, entgegnete Bill unruhig. Für irgendwelche Verkaufsgespräche hatte er nun wirklich keinen Nerv. Aber die junge Frau hatte etwas ganz anderes im Sinn.

»Es tut mir leid, dass ich Sie so einfach überfalle, aber ich war gerade in der Nähe und da dachte ich, ich schaue mal, ob Sie da sind. Anna Nolan ist mein Name, ich habe Ihnen letzte Woche einen Brief geschrieben.«
»Einen Brief?«, Bill runzelte die Stirn.
»Den haben Sie doch bekommen, oder?«, die Stimme der jungen Frau klang jetzt verunsichert.
»Ja, ich … ich habe einen Brief bekommen«, stotterte Bill, »aber …«
»Aber was?« Sie schaute ihn mit fragenden Augen an.
»Sie behaupten, meine Tochter zu sein. Woher soll ich wissen, dass das stimmt?«
Bill gefiel dieser Überfall nicht. Was wollte diese Frau von ihm? Warum hatte sie ihn nicht vorher angerufen? Er musste zur Übergabe, er hatte keine Zeit.
»Ich habe Ihre Adresse vom Jugendamt bekommen. Haben Sie denn nicht vor 17 Jahren Ihre Tochter zur Adoption freigegeben?«
»17 Jahre? Das kann schon sein, aber … Es passt mir gerade nicht so gut. Ich habe nicht viel Zeit …«
»Es tut mir leid. Ich weiß, es ist nicht die feine Art, einfach so zu klingeln. Haben Sie denn fünf Minuten für mich? Vielleicht könnte ich kurz reinkommen? Ich will auch wirklich nicht lange stören.«
Anna schaute verstohlen in die Wohnung. Sie trug einen leichten Mantel, Bill konnte sehen, dass ihr kalt war. Er zögerte, dann aber machte er, fast widerwillig, eine einladende Handbewegung.
»Ja, natürlich. Kommen Sie rein. Aber wie gesagt, ich muss gleich weg …«
Die junge Frau ging an Bill vorbei in die Wohnung.
Es war nur ein kurzer Augenblick, aber in diesem Moment wusste er es. Er sah ihr Profil und ihm war, als würde Jo vor ihm stehen. Die gleiche, gerade geschnittene Nase, die gleiche Kinnpartie. Die Haare waren anders und diese Anna Nolan war etwas größer, aber von der Seite sah sie genauso aus wie Jo. Diese Erkenntnis traf ihn wie ein Schlag. Es war tatsächlich seine Tochter. Ein Zweifel war ausgeschlossen.

Etwas verlegen führte Bill das Mädchen in sein Wohnzimmer.

»Kann ich Ihnen den Mantel abnehmen?«

»Danke, ich behalte ihn lieber noch etwas an. Ich bin ziemlich durchgefroren.«

»Möchten Sie vielleicht etwas trinken?«

»Nein danke, das ist sehr nett.«

»Eigentlich merkwürdig, dass wir uns siezen, wenn Sie wirklich meine Tochter sind, oder?«

Anna lachte. Die Anspannung zwischen den beiden schien nun etwas gelockert. Bill wurde klar, dass auch Anna nervös sein musste. Einfach so bei ihm zu klingeln, hatte viel Mut erfordert. Er sah sie plötzlich mit anderen Augen.

»Sie können mich gerne Anna nennen.«

»Nur, wenn du mich auch Bill nennst.«

»In Ordnung … gerne!«

»Also, Anna, was bringt dich dazu, nach so langer Zeit bei mir aufzutauchen?«

»Ich war einfach nur neugierig. Während meiner ganzen Kindheit habe ich mir nie Gedanken darüber gemacht, wer meine biologischen Eltern sind. Aber irgendwann hat es mich dann doch beschäftigt, und dann hat mich dieser Gedanke einfach nicht mehr losgelassen.«

»Du weißt, dass deine leibliche Mutter nicht mehr lebt?«

»Ja, ich habe vom Jugendamt erfahren, dass sie kurz nach meiner Geburt bei einem Unfall verstorben ist.«

»Das stimmt. Du warst wenige Tage alt. Ich war einfach nicht in der Lage, mich um dich zu kümmern …«

»Das ist schon in Ordnung. Ich bin ganz sicher nicht gekommen, um Ihnen … also ich meine, um dir Vorwürfe zu machen. Ich hatte eine schöne Kindheit und ich liebe meine Pflegeeltern. Du hast es damals richtig gemacht.«

»Wir hatten dich Jenny genannt«, sagte Bill plötzlich. Er erinnerte sich jetzt wieder an die ersten Tage nach der Geburt. Jo war so glück-

lich gewesen mit dem Kind. Er hatte das damals nicht nachvollziehen können. Das Baby war immer am Schlafen oder am Schreien gewesen.
»Jenny? Tatsächlich? Du meinst, kurz für Jennifer oder einfach Jenny?«
»Nein, einfach nur Jenny. Der Name hatte Jo so gut gefallen.«
»Jo ist jetzt aber wirklich eine Kurzform, oder?«
»Ja, sie hieß Joana. Aber alle nannten sie Jo.«
»Wie war sie?«
Bill lächelte. »Sie sah so aus wie du. Also von der Seite sah sie genauso aus wie du.«
»Hast du ein Foto von ihr?«
»Ich glaube nicht. Das ist alles so lange her …«
Bill dachte an die Kiste mit den Fotos von damals, die er im Kleiderschrank aufbewahrte. Er konnte sie jetzt unmöglich holen. Er hatte nicht die Kraft dazu. Schon jetzt war das alles zu viel für ihn. Außerdem musste er zur Geldübergabe.

Bill stand auf und Anna tat es ihm gleich.
»Ich wollte ja nicht lange stören. Und du hast gesagt, dass du noch weg musst.«
Er schaute auf seine Armbanduhr. Genau acht Uhr.
»Ja, ich muss jetzt wirklich gehen. Es tut mir leid«, sagte er und begleitete Anna zur Tür. Im Vorbeigehen schaute sie in die kleine Küche und sah, dass ihr Foto am Kühlschrank klebte. Anna war gerührt. Er hatte ihr Foto aufbewahrt. Beide verabschiedeten sich mit einem Handschlag.
»Hat mich gefreut«, sagte Bill kurz angebunden.
»Ja, mich auch! Ich fahre erst morgen Mittag mit dem Zug zurück. Wenn du Lust hast, könnten wir uns zum Frühstück treffen. Ich würde gerne noch mehr über Jo erfahren. Also nur, wenn es dir recht ist natürlich.«
»Ja, warum nicht? Wo wollen wir uns treffen?«
»Vielleicht in meinem Hotel? Ich übernachte im Best Western. Um neun Uhr? Oder ist dir das samstags zu früh?«

»Nein, das passt.«
»Super, ich freue mich!«, Anna sah erleichtert aus.
»Ich freue mich auch. Bis morgen.«
»Ja, bis morgen dann.«

Kapitel 11

Samuel schaute jetzt mindestens schon zum fünften Mal auf die Uhr. Es war 20 Minuten nach acht. Hatte er irgendetwas falsch verstanden? Der Killer hatte doch gesagt, in einer Woche wieder hier. Er war zehn Minuten früher gekommen und wartete bereits seit einer halben Stunde. Allmählich war er wirklich nervös. Es war kühl im Auto, er spürte, wie sich die Kälte langsam in seinem ganzen Körper ausbreitete. Wenn er doch nur die Sache so schnell wie möglich hinter sich bringen könnte! Der Umschlag mit den restlichen 47.000 lag neben ihm auf dem Beifahrersitz. Es war alles so gelaufen, wie Grace es geplant hatte. Sie hatten den Saab für 32.000 verkauft. Sie hätten vielleicht noch mehr dafür bekommen können, aber ihnen war nicht nach Handeln zumute. »Wir akzeptieren nur Bargeld«, hatte Samuel am Telefon immer gleich gesagt. Das hatte auch bereits in der Anzeige gestanden. Niemand schien das merkwürdig zu finden. Zusammen mit dem Geld für die Perlenketten und dem Bargeld aus dem Geldautomaten hatten sie die restliche Summe bereits schon am Mittwoch zusammen. Seitdem hatte er ständig an die Übergabe am Freitag gedacht und gehofft, dass dieser Albtraum dann vorbei sein würde. Wenn nur jetzt nicht noch was schiefging …

Endlich kam das Motorrad angefahren und hielt wieder wenige Meter neben seinem Auto. Samuel war erleichtert. »Alles wie gehabt«, dachte er und stieg aus.
»Ist das Geld jetzt komplett?«, fragte der Killer, als er auf ihn zuging. Er nahm den Helm und die Motorradmütze wieder nicht ab.
»Ja, alles komplett«, Samuel reichte ihm den Umschlag. Der Killer griff danach und wollte sich gleich wieder abwenden.
»Einen Moment noch«, sagte Samuel, einem plötzlichen Einfall folgend. Der Killer hielt inne. »Nur für den Fall, dass Sie auf die Idee

kommen, sich noch mal zu melden. Wir sind bereit, zur Polizei zu gehen. Wir würden dieser Sache ein Ende bereiten.«
»Das ist doch ein Bluff!«, die Stimme des Killers blieb emotionslos.
»Nein, keineswegs. Meine Frau wurde jahrelang von ihrem ersten Mann misshandelt und geschlagen. In solchen Fällen hat es schon Freisprüche gegeben. Wir wären bereit, das durchzustehen und reinen Tisch zu machen.«
»Ich glaube dir kein Wort. Aber ist sowieso egal. Ihr seht mich nicht wieder. Das hier«, der Killer hob den Umschlag hoch, »war nur die Nachzahlung, die mir zustand. Jetzt haben wir keinerlei Geschäfte mehr miteinander.«
Samuel schaute den Killer jetzt direkt an. Er konnte die kleinen Augen hinter der Maske erkennen. Aus irgendeinem Grund hätte Samuel gerne sein Gesicht gesehen. Vielleicht war es sogar jemand, den er kannte?
»Umso besser. Dann also … alles Gute!«, sagte Samuel und hätte ihm fast die Hand gegeben. Ihm war eingefallen, dass der Killer vermutlich schwer krank war. Er wusste nicht, was er sonst sagen hätte sollen. Der Killer drehte sich um und ging ohne ein Wort zu seinem Motorrad.

Als er mit dem Wagen auf das Grundstück fuhr, wartete Grace schon an der Haustür. Sie war erleichtert, als sie ihn sah. Samuel nahm sie in die Arme.
»Alles ist gut gegangen, mein Schatz. Ich glaube, es ist jetzt wirklich vorbei.«

Kapitel 12

Pünktlich um neun Uhr war Bill im Best Western Hotel. Kaum hatte er den Frühstücksraum betreten, erblickte er auch schon Anna. Sie saß bei einer Tasse Kaffee am Tisch und winkte ihm zu.
»Schön, dass du gekommen bist!«, fast klang es so, als wäre etwas wie Überraschung in ihrer Stimme. Freudige Überraschung allerdings.
Beide versorgten sich am reichhaltigen Buffet mit allen möglichen Speisen und nahmen dann einander gegenüber Platz. Bill war viel entspannter als am Abend zuvor. Er hatte das Geld zusammen und würde nicht mehr arbeiten müssen. Er saß einer hübschen, jungen Frau gegenüber, die seine Tochter war. An dieses angenehme Gefühl musste er sich wohl erst noch gewöhnen.

Die beiden hatten plötzlich so viele Dinge auszutauschen, immerhin waren 17 Jahre ihres Lebens vergangen, in denen sie keinen Kontakt gehabt hatten. Bill hörte Anna mit Erstaunen zu, wie sie von ihrer Kindheit erzählte. Sie war so selbstbewusst und gebildet. Sie war hübsch. Vielleicht keine atemberaubende Schönheit – wobei, wenn sie lächelte und er ihr Profil sah, fand er sie makellos und schöner, als ihm je ein Mensch erschienen war. Bill beobachtete sie genau, als er ihr erzählte, dass er Schreiner sei. Aber in ihrem Gesicht regte sich nichts, kein Missfallen, kein ungläubiges Staunen. Vielmehr schien sie an allen Details interessiert zu sein und wollte alles über sein Leben wissen: Ob er wieder geheiratet habe? Ob er weitere Kinder habe? Warum nicht? Hatte Jo sich ein Kind gewünscht? Hatte er gewusst, wer ihre Pflegeeltern waren?
Die viele Fragerei war anstrengend für Bill. Er hatte sich in den letzten Jahren so wenig Gedanken darum gemacht. Er hatte alleine gelebt, natürlich gab es Frauengeschichten, hin und wieder, teilweise auch mal ein paar Monate, aber nichts wirklich Ernstes. Jo war seine große Liebe gewesen. Er hörte sich selbst diese Worte aussprechen und ihm

wurde klar, dass es stimmte. Jo war seine große Liebe. Sie war einfach so gestorben. Die Traurigkeit war noch immer in ihm.

»Puh, jetzt habe ich aber ganz schön viel gegessen«, Anna hielt sich den nicht vorhandenen Bauch. »Ich habe noch eine Stunde Zeit, bis ich zum Zug muss. Hast du Lust, noch eine kleine Runde spazieren zu gehen?«
»Ja, gerne!«
Bill konnte sich nicht erinnern, jemals spazieren gegangen zu sein. Vielleicht früher einmal, in den ersten Jahren mit Jo. Er spürte aber schnell, wie angenehm es war, trotz der Kälte. Anna hatte wieder nur ihren dünnen Mantel an.
»Ist dir nicht zu kalt?«
»Nein, das geht schon. Wir spazieren ja nicht stundenlang durch die Stadt. Aber ein bisschen die Beine vertreten, das tut jetzt gut, findest du nicht?«
»Auf jeden Fall! Ich frühstücke sonst auch nicht ganz so ausgiebig, daher ist ein Verdauungsspaziergang jetzt genau das Richtige.«

Bill führte Anna in Richtung eines nahe gelegenen Parks.
»Jetzt hast du mich schon so vieles gefragt, aber mir noch sehr wenig über dich erzählt«, sagte er.
»Was willst du denn wissen?«
Bill schaute sie kurz an. »Hast du einen Freund?«
»Nein, zurzeit nicht.« Mehr schien sie zu dem Thema nicht sagen zu wollen, also ließ Bill es dabei bewenden.
»Weißt du schon, was du werden willst? Also beruflich, meine ich?«
»Ich möchte Jura studieren. Am liebsten wäre ich Richterin, aber dafür müsste mein Examen natürlich gut genug sein.«
Ach ja, Bill erinnerte sich, sie hatte so etwas bereits in ihrem Brief erwähnt. Echte Ironie des Schicksals, dachte er. Die Tochter des Auftragsmörders wird Richterin! Er hoffte inständig, dass sie niemals von seinem Nebenjob erfahren würde. Von seinem ehemaligen Nebenjob.

»Findest du das blöd?«
»Was? Dass du Richterin werden willst?«
»Nein, ich meine, dass ich mir das jetzt schon überlege. Immerhin muss ich ja erst mal meinen Abschluss an der High School machen.«
»Nein, das finde ich gut. Ich denke, es ist gar nicht verkehrt, zu wissen, was man will. Sind denn deine Pflegeeltern auch Juristen?«
Es schien, als wäre Anna froh, endlich über ihre Pflegefamilie sprechen zu können. »Nur mein Vater. Er ist Staatsanwalt. Meine Mutter arbeitet in einer Galerie.«
Bill konnte sich beim besten Willen nicht vorstellen, was man in einer Galerie arbeiten konnte. Er wollte aber nicht als ungebildet erscheinen, daher sparte er sich die Nachfrage.
»Haben sie dir von Anfang an gesagt, dass du adoptiert bist?«
»Ja, das haben sie. Es war nie ein Geheimnis. Ich weiß gar nicht genau, wann sie es mir das erste Mal erklärt haben. Ich bin einfach damit aufgewachsen. Es war für mich ganz natürlich, da ich es immer schon wusste.«
»Das klingt, als hättet ihr ein gutes Verhältnis zueinander.«
»Ja, sehr gut sogar. Offen gesagt, ich glaube, die beiden würden sich riesig freuen, dich mal kennenzulernen. Könntest du dir das vorstellen?«
»Klar, warum nicht?«
Das war leicht dahingesagt. Bill war sich aber keineswegs sicher, ob das so eine gute Idee war.
»Wie wäre es dann zum Beispiel nächsten Samstag? Ich wohne nur etwa eine Stunde mit dem Auto entfernt. Alternativ kann man auch mit dem Zug fahren.«
Alleine die Tatsache, dass die Pflegeeltern von Anna offensichtlich akademische Berufe ausübten und es geschafft hatten, die junge Frau, die neben ihm ging, großzuziehen, flößte ihm einen gewissen Respekt ein.
»Ist das jetzt nicht ein bisschen schnell? Ich meine, haben es deine Pflegeeltern so eilig, mich zu sehen?«

»Du kannst es dir ja noch überlegen. Ich würde mich jedenfalls riesig freuen!«
»In Ordnung, ich überlege es mir.«

Ein paar Minuten gingen Anna und Bill schweigend nebeneinanderher. Bill schaute seine Tochter währenddessen immer wieder an und suchte nach Ähnlichkeiten zwischen ihm und Anna. Was war mit den Augen? Die Haare? Irgendwie sah er immer nur Jo in ihr.
Als die beiden wieder vor dem Hotel standen, war Anna erneut durchgefroren. Sie reichte ihm die leicht zitternde Hand und strahlte ihn dabei an.
»Ich bin so froh, dass wir uns kennengelernt haben!«
»Das bin ich auch, Anna. Danke, dass du nach mir gesucht hast.«
»Vielleicht bis Samstag?«
»Ja, vielleicht. Ich melde mich auf jeden Fall bei dir.«

Kapitel 13

Bill fühlte sich irgendwie erschöpft, als er nach Hause kam. Er spürte auch wieder das schmerzhafte Ziehen in seiner Brust.
»Verdammter Krebs!«, stieß er aus und ließ sich in den Sessel fallen. Er atmete ruhig, bis die Schmerzen etwas nachließen. Dann schob sich das Bild der lachenden und frierenden Anna vor sein inneres Auge. Ihm war klar, dass er das vorhin wirklich ernst gemeint hatte. Er war froh, dass er sie kennengelernt hatte. Wäre sie ein paar Monate später auf die Idee gekommen, nach ihm zu suchen, wäre es vielleicht schon zu spät gewesen. Schade nur, dass uns beiden nicht viel Zeit bleiben wird, dachte er. Wir wären sicher richtig gute Freunde geworden!
Die Schmerzen hatten wieder nachgelassen und Bill fühlte nun so etwas wie Euphorie in sich aufsteigen. Er war ein reicher Mann! Es war ihm gelungen, Grace Shoemaker zu erpressen! Er konnte sich jetzt alles kaufen, was er haben wollte. Es war Samstagnachmittag, eigentlich ideal zum Einkaufen! Bill erhob sich und griff nach dem Umschlag mit dem erpressten Geld. Er nahm ein paar Scheine heraus und fuhr in die Innenstadt.

Wenig später lief Bill durch die überfüllte Fußgängerzone und schaute in die dekorierten Schaufenster. Er war schon ewig nicht mehr hier gewesen. War das früher auch immer so voll? Er betrachtete die Schaufenster und genoss das Gefühl, dass er sich eine Designerjacke ebenso leisten könnte wie die Diamantohrringe in der Auslage des Juweliers. Sollte er vielleicht Schmuck für Anna kaufen? Aber hatte sie überhaupt Ohrringe getragen? Oder anderen Schmuck? Worüber würde sie sich freuen? Er kannte sie noch zu wenig, um das einschätzen zu können. Am Ende würde er sich vielleicht noch blamieren mit einem teuren, aber völlig unpassenden Geschenk. Und wie sollte er erklären, dass er als Schreiner so viel Geld hatte?
Er stand jetzt vor einem Spezialitätenladen. Spontan ging er hinein

und kaufte eine Flasche Champagner. Er wusste gar nicht, ob er Champagner mochte, denn er hatte noch nie welchen getrunken, aber es war für ihn so etwas wie der Inbegriff von Reichtum. Unzählige Male hatte er die Shoemakers dabei beobachtet, wie sie Champagner tranken. Mit Freunden oder auch zu zweit. Er würde den Luxussaft nachher ganz alleine trinken und seinen Triumph feiern! Mit dieser Flasche hatte er eigentlich alles, was er brauchte. Also fuhr er wieder nach Hause.

Der Champagner war schön kühl und prickelte am Gaumen. Bill trank ihn ganz langsam, Schluck für Schluck. Er spürte ein leichtes und angenehmes Schwindelgefühl. Morgen wollte er Anna anrufen und ihr sagen, dass er am nächsten Samstag zu ihrer Familie kommen würde. Er hatte zwar panische Angst davor, den Pflegeeltern gegenüberzutreten. Wahrscheinlich würden sie ihn verachten für das, was er getan hatte, als er Anna zur Adoption freigab. Aber er wollte mehr erfahren über das Leben, das seine Tochter geführt hatte. Und er hatte nicht mehr viel Zeit. Wer schwer krank war, sollte nichts mehr auf die lange Bank schieben. Dieser Entschluss gab ihm ein gutes Gefühl.

Die Flasche war jetzt fast leer. Bill schloss die Augen und entspannte sich. Das ganze Zimmer schien sich zu drehen, und doch fühlte er sich darin geborgen. Ob Jo gewusst hatte, wie Champagner schmeckt? »Meine geliebte Jo!«, Bill seufzte. »Was hältst du von unserer Tochter? Sie ist klug und schön, wie du es warst. Mein Gott, Jo, du bist so früh gestorben! Warum konntest du nicht hier bei mir bleiben? Du hättest es auch geschafft, aus Jenny diese wunderbare junge Frau zu machen. Ich konnte es nicht.«
Ein unangenehmes Gefühl breitete sich in ihm aus. Wo kam es her? Durch die Nebelwolke des Alkohols wirkte alles so gedämpft.
»Ich bin nicht der, für den Anna mich hält. Sie weiß nicht, dass ich krank bin. Hätte ich es ihr sagen sollen, was meinst du, Jo? Ich weiß, du warst immer für Ehrlichkeit. Sie verkehrt in anderen Kreisen, aber

sie ist kein Snob. Überhaupt nicht. Sie hat mich als ihren Vater angenommen, so wie ich bin. Sie mag mich sogar, da bin ich mir sicher. Sie weiß aber nicht, wer ich wirklich bin. Sie darf es auch nie erfahren. Ich habe Menschen umgebracht, du weißt das, meine liebe Jo. Wo auch immer du jetzt bist, hast du mir dabei zugeschaut, nicht wahr? Wie denkst du darüber? Ich weiß, du nimmst mir das übel, Jo, aber ich musste es tun. Du verstehst mich doch, oder? Ich bin sicher, du hast mir alles verziehen. Nichts steht mehr zwischen uns. Wie würde unsere Jenny darüber denken, wenn sie es wüsste? Niemals darf sie davon erfahren. Ich werde sterben als Bill Russell White, der Schreiner, nicht als B. R., der Auftragsmörder.« Dann dachte er wieder daran, wie alles begann …

Kapitel 14

Sein Name war B. R. gewesen. Nicht Bill und schon gar nicht William. Er war Mitglied bei den Devils. Das klang gefährlich, geradezu furchteinflößend. Es war das Schlimmste, was ihnen eingefallen war. Schlechter als der Teufel konnte niemand sein! Und sie wollten schlimm sein, auch wenn ihr Ruf immer verwegener war als ihre Taten. Im Dorf war die Rede davon, dass die Devils Schutzgeld erpressen und Lokale zertrümmern würden, wenn das Geld nicht gezahlt wurde. B. R. und die anderen liebten diese Gerüchte. Tatsächlich hatte er nicht mehr als eine Wirtshausschlägerei auf dem Kerbholz. Das Mobiliar war dabei zu Bruch gegangen, das stimmte, aber mit Schutzgelderpressung hatten sie nichts zu tun gehabt. B. R. war mit 17 einer der Jüngsten in der Gruppe. Er liebte die Treffen, das gemeinsame Rumhängen, die gelegentlichen Fahrten, alle auf dem Motorrad und alle in schwarzer Lederkleidung. Er wusste genau, wie das auf andere wirkte. Die Leute in seinem kleinen Heimatort sahen die Gruppe mit ängstlichen Augen an.

Es war ihm auch nie schwergefallen, Kontakte mit Mädchen herzustellen. Wenn die Gruppe in die Disko kam, richteten sich alle Augen auf sie. Immer waren Mädchen da, wenn sie an der Bar herumstanden. Der Anführer ihrer Gruppe hatte allerdings Vorrechte. Sie nannten ihn King, was natürlich nicht sein richtiger Name war. Wenn er ihnen ins Ohr flüsterte: »Die Braut gehört mir« oder »Diese hier ist die Queen«, dann hieß das, niemand außer ihm durfte sich an das Mädchen ranmachen. B. R. war das egal, es waren immer genug Mädchen da, die sich für ihn interessierten.

Abgesehen vom beinahe täglichen Krach mit seinen Eltern und der Tatsache, dass er nie genug Geld hatte, war das Leben gut, so wie es war.

Bis er Jo kennenlernte. Dann änderte sich alles. Sie war kein Mädchen von der Bar. Sie sah so zerbrechlich aus, so zart. Die Haare waren hell, etwas rötlich und die Haut fast durchsichtig. Sie war jeden Freitag und jeden Samstagabend in der Disko. Zuerst hatte B. R. nur auf eine gute Gelegenheit gewartet, das engelsgleiche Mädchen anzusprechen, aber dann wurde ihm klar, dass sie der Gruppe aus dem Weg ging. Sie war immer dort, wo die Gruppe gerade nicht war. Dabei strahlte sie eine selbstverständliche Sicherheit aus, die für B. R. in merkwürdigem Kontrast zu ihrem zerbrechlichen Äußeren stand.

Eines Abends, nach zwei Flaschen Bier, traute er sich. Er passte das rothaarige Mädchen ab, als sie von der Toilette kam.
»Hallo, dich habe ich hier doch schon öfter gesehen, oder?«
»Kann schon sein«, antwortete sie mit wenig Begeisterung.
»Hast du Lust, mit mir zur Bar zu gehen?«
»Nein, habe ich nicht. Lass mich durch«, das Mädchen versuchte, an ihm vorbeizukommen.
»Aber warum nicht? Ich habe dir doch nichts getan. Ich möchte mich doch nur mit dir unterhalten. Sei doch nicht so unfreundlich.«
»Ich will mit eurer Gruppe nichts zu tun haben. So einfach ist das. Das hat nichts mit dir persönlich zu tun.«
»Aber warum denn nicht? Was hast du gegen uns?«
»Muss ich das wirklich begründen, dass ich mit einer Motorradgang, die krumme Sachen macht, nichts zu tun haben will? Akzeptiere es einfach und lass mich in Ruhe.«
»Krumme Sachen? Aber das stimmt doch gar nicht! Ich habe noch nie etwas Illegales gemacht.«
Es war das erste Mal, dass B. R. beteuerte, nichts Unrechtes getan zu haben. Bei den Mädchen an der Bar prahlte er immer mit seinen angeblichen Einbrüchen. Einmal hatte er sogar behauptet, er sei schon mal im Gefängnis gewesen.
Das Mädchen schaute ihn an. Ihre Augen waren groß und wunderschön. Er fühlte sich gefangen in ihrem Blick. Es war, als würde man

in ein Meer schauen. Bitte, dachte er, rede weiter mit mir! Gehe nicht weg!
Sie schien tatsächlich etwas nachdenklich geworden zu sein.
»Und das soll ich dir glauben?«
»Es ist die Wahrheit, wirklich«, beteuerte er. »Ich habe noch nie wegen irgendetwas Ärger mit der Polizei gehabt. Ich weiß, es gibt Gerüchte über uns, aber die sind alle nicht wahr.«
»Kannst du mir beweisen, dass das stimmt?«
»Wie soll ich das denn beweisen?«
»Letzten Samstag gegen Mitternacht war die Polizei hier und hat Kontrollen gemacht. Ihr wart alle plötzlich durch den Hinterausgang verschwunden. Warum sollte man das tun, wenn man nichts zu verbergen hat?«
»Das ist doch die reine Schikane von denen! Die haben nichts gegen uns in der Hand, deswegen kommen die mit solchen Spielchen.«
»Ich glaube dir kein Wort.« Das Mädchen wandte sich ab und schien gehen zu wollen.
»Moment. Warte noch einen Augenblick. Beim nächsten Mal bleibe ich hier und zeige denen meine Papiere, das verspreche ich.«
»Warum nicht jetzt?«
»Wie jetzt? Meine Papiere zeigen? Die Polizei ist doch gar nicht da«, B. R. schaute sich im Lokal um.
»Wir könnten jetzt zusammen zur Polizeiwache am Ende der Straße gehen. Du könntest sagen, dass du gerade draußen warst, als die Kontrollen letzte Woche waren, und jetzt gerne deine Papiere zeigen möchtest.«
»Das ist absolut lächerlich.«
»Ich habe nichts anderes erwartet.« Das Mädchen wandte sich endgültig zum Gehen.
Im Augenwinkel sah B. R., dass einige Bandenmitglieder zu ihm herüberschauten. Was war, wenn King auf das Mädchen aufmerksam wurde? Er hatte es plötzlich ganz eilig, von hier zu verschwinden.

»Ist in Ordnung, ich gehe mit dir zur Polizeiwache. Aber nur, wenn du dafür morgen mit mir ausgehst.«

Sie war tatsächlich mit ihm ausgegangen. Am nächsten Abend saßen sie sich bei Burger und Pommes gegenüber. Jeder hatte eine Dose Cola vor sich stehen. Nicht gerade ein sehr romantisches Lokal. Sie hatte es vorgeschlagen und er war erleichtert gewesen, denn hier konnte er sich eine Einladung leisten. Er war bewusst nicht in Lederjacke gekommen, sondern hatte einen Pulli über sein T-Shirt gezogen.
»So gefällst du mir schon besser«, hatte sie gesagt, als sie sich etwas unsicher mit Handschlag begrüßten.
Natürlich war die Aktion auf der Polizeiwache am Abend zuvor total peinlich gewesen.
»Wollen Sie mich verarschen oder was?«, hatte der Polizist gesagt.
»Nein, keineswegs. Es ist nur … Ich wollte nicht, dass Sie bei meiner Arbeit nach mir fragen, verstehen Sie. Mein Chef würde vielleicht denken, ich hätte etwas ausgefressen. Daher wollte ich nun abklären, ob Sie nach mir gesucht haben. Ich meine, vielleicht als Zeuge oder so. Es könnte ja sein, Sie suchen mich, und ich weiß gar nichts davon.«
»Wie war Ihr Name noch mal?«
»Bill … also William Russell White.«
Der Polizeibeamte gab den Namen in den Computer ein. Nach ein paar Minuten sagte er den entscheidenden Satz: »Ist schon in Ordnung, Herr White. Gegen Sie liegt nichts vor.«
»Vielen Dank, dann bin ich ja beruhigt.«

Kapitel 15

Bill hatte nie so richtig Angst vor dem Tod gehabt. Immerhin weiß man vom Beginn des Lebens an, dass man sterben wird. Niemand soll also sagen, dass es eine Überraschung wäre, sterblich zu sein. In seinem Nebenjob war er lebensbedrohliche Gefahren eingegangen. Er hatte drei Menschen umgebracht und hätte auch selbst dabei draufgehen können. Das war ihm immer bewusst gewesen. Aber dreimal hatte er überlebt. Und dreimal war er nicht erwischt worden. Zwar hatte der Staat Michigan die Todesstrafe schon vor langer Zeit abgeschafft, aber er wäre sicher lebenslänglich im Gefängnis gelandet, wenn die Polizei die Morde aufgeklärt hätte. Für drei Auftragsmorde konnte es keine andere Strafe als lebenslänglich geben. Und die Auftraggeber? Was wäre mit denen wohl passiert? Die waren doch die eigentlich Schuldigen, auch wenn sie sich die Hände nicht schmutzig machten. So wie die feine Grace ... Hätte er ins Gefängnis gehen müssen, wäre er wahrscheinlich ohnehin in der Zelle gestorben. Niemals hätte er das Eingesperrtsein ertragen können. Er hätte sich vielleicht sogar selbst das Leben genommen. Der Tod war ihm sein ganzes Leben lang nah gewesen. Ganz nah war er ihm gekommen, als Jo starb. Mit 25 Jahren. Einfach so. Ohne Vorwarnung. Seitdem war der Tod sein ständiger Begleiter. Kein Wunder also, dass es jetzt ihn selbst traf. Zum ersten Mal ging es um sein eigenes Leben. Aber vielleicht war das einfacher, als den Tod von Menschen zu überleben, die man liebte.

Mit 44 hatte der Arzt ihm verkündet, dass er an inoperablem Lungenkrebs leide. Er hatte diese Nachricht erst mal sachlich aufgenommen. Emotionslos. Was diese Diagnose bedeutete, war ihm erst mit der Zeit so richtig klar geworden. Es hieß zu sterben. Vielleicht unter Schmerzen und elendig. Er hatte schon geahnt, dass er eine schwere Krankheit in sich trug. Das spürte man ja schließlich, auch wenn man Müdigkeit und Abgeschlagenheit immer mal erklären konnte. Aber dieser bohrende und manchmal ziehende Schmerz in seinem Innern, der war neu, und Bill hatte gewusst, dass das nichts Gutes bedeuten konnte. Insofern war die Nachricht, dass er krank war, nicht wirklich unerwartet gekommen.

Seit er wusste, dass er bald sterben würde, fielen Bill immer mehr Dinge ein, die er gerne tat. Fußball schauen zum Beispiel. Oder vom Obstbaum der Nachbarn Äpfel klauen. Samstags ging er gerne auf den Wochenmarkt und kaufte alles, was ihn gerade ansprach, um anschließend etwas daraus zu kochen. Überhaupt kochte er gerne. Schon, als Jo noch gelebt hatte. Jeden ersten Freitag im Monat ging er mit Kollegen zum Kegeln. Auch darauf freute er sich immer schon Tage vorher. Und die Schreinerei? Auch wenn er eigentlich nicht gerne zur Arbeit ging, machte ihm sein Job häufig Spaß. Hatte er erst mal mit der Arbeit angefangen, war er in seinem Element. Er hatte das noch nie so deutlich empfunden, aber es stimmte, die Arbeit mit Holz machte ihm Spaß. Vielleicht sollte er heute doch noch nicht kündigen? Es gab ja eigentlich auch gar keinen Grund dafür, denn schließlich hatte er noch Resturlaub, den er ja erst mal abfeiern konnte. Im Falle einer Kündigung würde sein Chef ihm den Urlaub möglicherweise auch nicht mehr ausbezahlen wollen. Er war zwar darauf nicht angewiesen, aber trotzdem! Also beschloss er, nach dem Besuch beim Arzt ganz normal zur Arbeit zu gehen und für die nächsten drei Wochen Urlaub zu beantragen. Kündigen konnte er dann nach dem Urlaub immer noch.

Er überlegte, ob es vielleicht an der Zeit wäre, seine Schwester Nelly mal wieder zu besuchen. Wann hatten sie das letzte Mal miteinander gesprochen? Irgendwie war der Kontakt eingeschlafen, seit seine Eltern nicht mehr lebten. Nelly wusste nichts von seiner Erkrankung. Vielleicht wäre sie traurig, wenn sie ihn nicht mehr sehen würde, bevor er starb. Eigentlich hatten sie als Kinder immer ein gutes Verhältnis zueinander gehabt. Und es war ihm auch klar, dass Nelly öfters versucht hatte, Kontakt zu ihm aufzunehmen und ihn wiederzusehen. Irgendwann hatte sie es einfach aufgegeben. Nelly war das einzige

Familienmitglied, das er noch hatte. Und jetzt Anna natürlich. Wenn er allerdings bald nicht mehr zur Arbeit ging, würde er alle Zeit der Welt haben, seine Schwester Nelly zu besuchen. Dieser Gedanke fühlte sich gut an. Aber dann fiel es ihm wieder ein: Er hatte nie wieder alle Zeit der Welt.

Bill war selten beim Arzt gewesen. Vielleicht als Kind hin und wieder mal. Oder beim Zahnarzt, aber auch das war schon lange her. Jetzt saß er alle paar Wochen im Wartezimmer von Dr. Breuer. Er hasste diese Besuche. Lieber wäre es ihm, wenn der Krebs eine Zeitschaltuhr hätte und der Arzt ihm sagen würde: »Sie haben noch genau sechs Monate.« Dann könnte er sich darauf einstellen und müsste nicht dauernd knappe Lebenszeit beim Arzt verschwenden.
»Herr White, bitte«, die hübsche Sprechstundenhilfe von Herrn Dr. Breuer schaute lächelnd ins Wartezimmer. Ihr Tonfall war immer gleich. Irgendwo zwischen fragend und befehlend. Sie führte ihn in das Besprechungszimmer des Arztes.
»Guten Tag, Herr White. Setzen Sie sich doch.«
»Danke.«
Obwohl er schon wusste, dass er sterben würde, war Bill jedes Mal aufgeregt, wenn der Arzt die neusten Untersuchungsergebnisse mit ihm besprach. Als würde es einen großen Unterschied machen, ob ihm noch ein paar Monate mehr oder weniger blieben. Es wäre auch zu unrealistisch, wenn der Arzt ihm plötzlich sagen würde: »Wir haben Ihre Werte vertauscht, Sie sind gar nicht krank.« Nein, das würde nicht passieren, auch wenn ein Funken dieser Hoffnung manchmal in ihm war. Er war nun mal krank und er wusste es.

»Ich habe gute Nachrichten für Sie, Herr White. Ihre Werte sind gut. Besser als beim letzten Mal sogar. Und der Tumor ist nicht weiter gewachsen.«
»Der Tumor ist nicht gewachsen? Was hat das zu bedeuten?«
»Möglicherweise gar nicht viel. Machen Sie sich nicht allzu große

Hoffnungen. Die Krankheit verläuft manchmal in Schüben. Am Ende wird der Krebs der Sieger bleiben. Aber jeder Tag, an dem es Ihnen gut geht, ist ein gewonnener Tag. Je langsamer der Tumor wächst, umso besser.«
»Haben Sie denn jetzt eine neue Prognose, wie lange ich noch leben werde?«
»Wissen Sie, das ist sehr schwer zu sagen. Vielleicht haben Sie mehr Zeit, als wir zunächst dachten. Die Medizin ist nicht gerade gut, was Vorhersagen angeht. Auch das eine Jahr, von dem ich letztes Mal gesprochen habe, ist ja nur ein ungefährer Erfahrungswert.«
»Das heißt, es könnte vielleicht auch länger sein?«
»Jeder Mensch ist nun mal anders. Und ebenso ist jeder Krebs anders. Nutzen Sie jeden Tag, an dem es Ihnen noch gut geht. Das ist der beste Rat, den ich Ihnen geben kann. Und versuchen Sie einfach weiterhin, so gesund wie irgend möglich zu leben. Bewegung ist gut, aber keine übermäßige Anstrengung.«
»Sie meinen, ich sollte spazieren gehen?«
»Genau, zum Beispiel. Das ist auf jeden Fall zu empfehlen. Oder schwimmen, wenn Sie es nicht übertreiben. Und wir sehen uns dann in drei Monaten wieder, sofern Sie in der Zwischenzeit keine besonderen Beschwerden haben. Ansonsten kommen Sie natürlich gleich vorbei.«
»Alles klar«, Bill stand auf, »vielen Dank, Herr Doktor.«
»Gerne. Alles Gute, Herr White.«
Auf dem Weg nach Hause war Bill in Gedanken versunken. Was, wenn er nun doch länger leben sollte? Diese Möglichkeit hatte er noch gar nicht in Betracht gezogen. Würde das Geld der Shoemakers dann überhaupt reichen?

Kapitel 16

Susan und ihre Kollegin Miranda saßen sich im Besprechungsraum beim Mittagessen gegenüber. Wie so häufig hatten sie Nudeln und Salat von der Pizzeria gegenüber bestellt. Der Vormittag war hektisch gewesen, sodass sie erst am Nachmittag dazu kamen, eine Pause einzulegen. Seit Miranda als Juristin in dem Beratungszentrum für Paare arbeitete, hatte nicht nur ihr Bankkonto, sondern auch ihr Selbstvertrauen deutlich zugelegt.

»Ich muss dir noch was sagen, Susan«, begann Miranda, als beide ihre Teller schon fast leer hatten.
»Etwas Gutes oder etwas Schlechtes?«
»Wie man es nimmt. Also eigentlich etwas sehr Schönes.«
»Da bin ich gespannt.«
»Ich bin schwanger. Im dritten Monat.« Miranda legte ihre Hand auf den Bauch, so als könne sie das Kind schon spüren.
»Das ist ja wunderbar! Herzlichen Glückwunsch! Was sagt Viktor dazu?«
»Er freut sich wahnsinnig. Er wälzt jetzt schon jeden Abend Kataloge mit Babyausstattung.«
»Das klingt gut, ich freue mich für euch beide!«
Susan beugte sich vor und legte ihre Hand auf Mirandas Arm.
»Ich freue mich auch schon sehr auf das Baby. Wir wissen noch nicht, ob es ein Mädchen oder ein Junge wird. Mir ist es egal, aber Viktor würde es gerne jetzt schon wissen. Also vor allem wegen der Babyausstattung natürlich.«
Die Frauen lachten. Susan wurde bewusst, wie glücklich Miranda aussah. Als die Freundschaft der beiden Frauen vor etwa einem Jahr begonnen hatte, war Miranda alles andere als glücklich gewesen. Auch in ihrer Ehe hatte es so einige Probleme gegeben, aber die Eheleute hatten ganz offensichtlich wieder zueinandergefunden. Das Kind

würde die beiden noch näher zusammenbringen oder aber die Ehe auf eine neue Belastungsprobe stellen.

»Was heißt das denn jetzt für unser Beratungszentrum? Willst du Pause machen nach der Geburt?« Kaum hatte sie diese Worte ausgesprochen, hielt Susan inne. Sie hatte die frohe Botschaft von Mirandas Schwangerschaft noch gar nicht ausreichend gewürdigt. Wie konnte sie nur gleich wieder an das Beratungszentrum denken? »Entschuldige, Miranda, dass ich das gleich frage! Das sollte jetzt nicht so geschäftsmäßig klingen...«
»Das ist schon in Ordnung. Ich habe mir darüber natürlich auch Gedanken gemacht. Ich möchte auf jeden Fall so schnell wie möglich nach der Geburt wieder arbeiten. Wir würden dann ein Kindermädchen einstellen, und wenn was ist, bin ich ja gleich zu Hause.«
Die Penthouse-Wohnung von Miranda und Viktor befand sich im selben Haus, in dem auch die Praxis war.
»Schön! Notfalls kann ich ja auch mal einspringen. Ich habe zwar nicht viel Erfahrung mit kleinen Kindern, aber das wird schon irgendwie gehen.«
»Danke, dass du das sagst, Susan«, sie lächelte ihre Freundin an. »Ich hoffe aber, dass ich dich nicht einspannen muss. Übrigens, ich hätte auch noch eine Idee, wie wir unser Angebot erweitern könnten.«
»Ja? Dann schieß los.«
»Bei der juristischen Beratung habe ich festgestellt, dass die Paare fast immer die gleichen Fragen haben. Ich habe mir überlegt, ich könnte, wenn das Kind da ist, einen Abendkurs zu den juristischen Aspekten einer Scheidung anbieten. Viktor wäre ja dann zu Hause und könnte auf das Kind aufpassen. Wir würden durch den Kurs in kürzerer Zeit mehr Geld einnehmen als durch die Einzelberatung. Was meinst du?«
Susan war beeindruckt. Miranda entwickelte sich mehr und mehr zu einer echten Geschäftsfrau.
»Ich finde, das ist eine großartige Idee! Die Kunden haben ja ohnehin

in der Regel lieber Abendtermine, zumindest wenn sie berufstätig sind. Ich habe das nur bisher gerne vermieden, um die Abende freizuhaben.«
»Das ist ja auch normal, jung verliebt, wie du bist!«
Susan lachte. »Was heißt hier jung verliebt? Jason und ich sind jetzt schon seit über einem Jahr zusammen!«
»Ernsthaft? Schon ein Jahr? Meine Güte, wie doch die Zeit vergeht! Ist das der Grund für eure Essenseinladung heute Abend? Das Einjährige, meine ich?«
»Nein, eigentlich nicht. Wir wollten nur einfach mal wieder Gäste zu uns einladen. Jason war in letzter Zeit beruflich so eingespannt, dass Verabredungen mit Freunden einfach zu kurz gekommen sind.«
»Viktor und ich freuen uns jedenfalls schon sehr auf den heutigen Abend!«
»Ja, wir freuen uns auch.«
Beide Frauen standen auf und brachten ihre Teller zur Spüle. Die Arbeit für den Nachmittag wartete auf sie.

»Ach, da fällt mir ein: Wo findet das Essen denn eigentlich statt, bei dir oder bei ihm?«, fragte Miranda beiläufig, als die beiden Frauen den Besprechungsraum wieder verließen.
»Bei Jason. Er hat ja deutlich mehr Platz in seinem Haus. Aber ich werde kochen!«
»Habt ihr auch schon daran gedacht, zusammenzuziehen? Oder wollt ihr das mit den getrennten Wohnungen so belassen, wie es ist?«
»Wirklich interessant, dass du das ansprichst, Miranda. Wir haben auch kürzlich darüber geredet. Leider ist das alles nicht so einfach. Jason will, dass ich in sein Haus einziehe, aber ich kann mir das nicht vorstellen, ehrlich gesagt.«
»Warum nicht? Das Haus ist doch schön, mit dem Garten und so.«
»Ja, ich kann ja auch verstehen, dass er es nicht aufgeben will. Aber alles dort erinnert so an seine erste Ehe, verstehst du? Das Haus war ein großes Projekt der beiden. Sie haben alles mit Liebe ausgesucht

und eingerichtet. Es ist vielleicht albern, aber ich fühle mich da einfach nicht wohl.«

»Hast du ihm das so gesagt?«

»Er versteht es einfach nicht. Ich kann es ja auch rational nicht so richtig erklären, aber so empfinde ich eben. Außerdem wollte ich nie in einem Haus mit Garten wohnen. Ich wohne, seit ich denken kann, in der Stadt und nicht außerhalb. Allein die Fahrt zur Arbeit jeden Morgen ... Was ist? Warum grinst du so?«

»Entschuldige, Susan, aber ich fand das gerade irgendwie amüsant. Du bist eine wirklich exzellente Paartherapeutin, aber kaum hast du mal ein eigenes Problem in der Beziehung, kommst du nicht damit zurecht. Was würdest du denn einer Kundin raten, die mit diesem Problem zu dir käme?«

»Keine Ahnung.«

»Wirklich nicht? Dann solltest du vielleicht mal zur Paartherapie gehen«, sagte Miranda und schaute die Freundin herausfordernd an.

»Du weißt doch, Paartherapeuten gehen nie zur Paartherapie. Selbst dann nicht, wenn es vielleicht mal nötig wäre.«

Susan blieb vor ihrem Büro stehen. Sie hatte in wenigen Minuten den nächsten Termin. Miranda legte kurz ihre Hand auf den Arm der Freundin.

»Ich bin sicher, du und Jason, ihr werdet die richtige Lösung für euch finden«, sagte sie jetzt ernsthaft.

»Das denke ich eigentlich auch. Und bestimmt ganz ohne Therapiestunde.«

Kapitel 17

Susan schloss die Tür auf. Wie sie erwartet hatte, war Jason noch nicht zu Hause. Sie ging direkt in die Küche und begann mit den Vorbereitungen für das Abendessen. In einer Zeitschrift hatte sie ein Rezept entdeckt, das sie für diesen Anlass sehr passend fand: im Ofen geschmortes Huhn in Zitronensoße und Gartengemüse. Die Zutaten hatte sie alle schon vor Tagen eingekauft.
Susan war eine erfahrende Köchin und las das Rezept nur einmal durch, um eine Anregung zu erhalten. Sie hielt sich nie an die vorgeschriebenen Details, sondern verließ sich gerne auf ihre Intuition als Hobbyköchin. Ihr Ziel war es, das Huhn im Backofen zu haben, wenn die Gäste kamen. Alles ging ihr schnell und einfach von der Hand.

Als sie sich umdrehte, stand auf einmal Jason in der Tür.
»Susan, was für ein Glück, dass du schon da bist! Ich hätte fast vergessen, dass wir heute Gäste haben.« Er schaute sich in der geräumigen Küche um und sah den Römertopf, das geschälte Gemüse, die Soße für das Huhn. »Du hast schon alles vorbereitet, nicht wahr?«, Jason klang erleichtert.
»Ja, ich muss jetzt nur noch alles in den Ofen schieben, dann können die Gäste kommen.«
Jason ging auf sie zu und nahm sie in die Arme.
»Und ich habe schon befürchtet, wir müssten für Viktor und Miranda noch schnell was vom Mexikaner bestellen. Ich habe das echt total verschwitzt … Wann hast du das denn alles eingekauft?«
»Schon vor Tagen, Jason. Der Prosecco für den Aperitif und der Weißwein sind auch schon im Kühlschrank. Für den Nachtisch muss ich nur noch die Brownies auftauen.«
»Du bist wirklich die perfekte Gastgeberin, Susan! Ganz im Gegensatz zu mir, muss ich feststellen. Ich fühle mich schlecht, dass ich so gar nichts beigetragen habe. Kann ich dir denn noch was helfen?«

»Du kannst den Tisch decken, Jason. Hier in der Küche ist schon alles fertig. Ich muss mich nur noch schnell umziehen. Die Gäste kommen ja schon in zehn Minuten.«
»Du bist einfach zu gut zu mir, Susan. Womit habe ich dich nur verdient?«
»Ja, das frage ich mich auch manchmal«, sagte Susan, aber sie lachte dabei und warf Jason einen Luftkuss zu, als sie an ihm vorbeiging.

»Wie wäre es mit einem Prosecco als Aperitif – und für dich, Miranda, ein Glas Orangensaft?«, fragte Susan die Gäste wenig später, als sie das Wohnzimmer betraten.
»Warum denn keinen Prosecco für Miranda?«, Jason war irritiert, fing dann aber das verschmitzte Lächeln der beiden Frauen auf.
»Lass mal, Jason. Susan weiß schon genau, was das Richtige für mich ist. Und das ist im Moment eher Orangensaft!«
»Habt ihr beide etwa Geheimnisse, von denen ich nichts weiß?«
»Ganz so geheimnisvoll ist es auch wieder nicht. Zumindest ich als ihr Ehemann weiß auch schon Bescheid«, entgegnete Viktor und legte seinen Arm um Mirandas Hüften.
»Heißt das …?«
»Ja, das heißt es, Jason. Ich bin schwanger! Oder besser: Wir sind schwanger!«, Miranda strahlte über das ganze Gesicht.
»Und warum sagt mir keiner was? Herzlichen Glückwunsch, Miranda! Und Viktor natürlich!« Jason umarmte die beiden Freunde.
»Sieh mich nicht so vorwurfsvoll an, Jason«, sagte Susan lächelnd, als sie Jason das Glas mit dem Prosecco reichte. »Ich habe es auch erst heute erfahren. Sonst hätte ich es dir schon längst erzählt.«

Wenig später saßen die Freunde am Tisch und lobten ausgiebig das perfekt geschmorte Huhn und das noch knackfrische Gemüse. Jason, der sich seit Tagen nur von Fertiggerichten ernährt hatte, war einmal mehr beeindruckt von den Kochkünsten seiner Partnerin. Er schaute Susan gedankenverloren an, die ihm direkt gegenübersaß. Sie sah hübsch aus heute Abend. Irgendetwas war anders. War sie beim Frisör gewesen? Er war noch immer beeindruckt, wie schnell und lässig sie alles für heute Abend vorbereitet hatte. Es war unglaublich, wie sehr sich sein Haus jedes Mal veränderte, wenn sie anwesend war. Nicht nur dieses wunderbare Essen, auch die Kerzen, die auf den Fensterbrettern brannten, die Blumen in der Vase, die Servietten auf dem Tisch. Alles verströmte so eine Gemütlichkeit. Warum konnte es nicht immer so sein?

Viktor riss ihn aus seinen Gedanken.
»Ist schon beeindruckend, was unsere Frauen mit ihrem Beratungszentrum geschaffen haben, oder Jason? Ich habe den Eindruck, die ganze Stadt spricht schon davon.«
»Jetzt übertreibst du aber, Viktor!«, warf Miranda etwas verlegen ein.
»Nein, ernsthaft! Neulich war ich mit einem Klienten aus unserer Kanzlei zum Mittagessen verabredet. Als ich ihm meine Visitenkarte gab, fragte er mich gleich, ob ich auch mit dem Beratungszentrum zu tun hätte. Und das, obwohl Adams ja nicht gerade ein seltener Name ist!«
»Und wie war das für dich?«, fragte Susan mit ehrlichem Interesse. »Hast du dich gefühlt, als würdest du irgendwie im Schatten deiner Frau stehen?«
»Susan, ich bitte dich!«, Miranda war ehrlich erschreckt. »So etwas kannst du doch nicht fragen!«
»Manchmal geht die Psychologin etwas mit ihr durch!«, warf Jason ein und lachte Viktor etwas entschuldigend an. »Aber dennoch, die Antwort würde mich jetzt auch interessieren.«
»Also ich weiß ja nicht, für was für einen Macho ihr mich haltet, aber natürlich bin ich stolz auf meine Frau! Ich habe auch vor, beruflich etwas kürzerzutreten, wenn das Baby da ist. Einen Vorteil muss es ja auch haben, wenn der eigene Chef der Schwiegervater ist, oder?«
»Hast du denn mit meinem Vater schon gesprochen? Ich dachte immer, du bist in seiner Kanzlei quasi unabkömmlich.«

»Ja, so richtig begeistert war er nicht, aber er wird sich schon an den Gedanken gewöhnen. Immerhin wird er ja Großvater, da muss er doch Verständnis haben.«

»Vielleicht will er ja lieber selbst kürzertreten, um sich mehr um sein Enkelkind zu kümmern«, lachte Miranda. Das war tatsächlich nur ein Scherz. Miranda wusste, dass ihr Vater niemals im Beruf zurückstecken würde, um sein Enkelkind öfter zu sehen. Er hatte das nicht einmal bei seinen eigenen Kindern getan.

Kapitel 18

Jason saß am Esstisch und ließ seinen Blick über die Sitzgarnitur im Wohnbereich schweifen. Dieses Haus bedeutete ihm alles. Seine Exfrau Maggie und er hatten 20 Jahre lang die Raten abbezahlt, bis es endlich ihnen und nicht mehr der Bank gehörte. Nach der Scheidung hatte er sein gesamtes Erspartes aufgebraucht, um Maggie auszuzahlen. Jetzt gehörte es ihm. Niemals hätte er daran gedacht, das Haus zu verkaufen. Es war seine Alterssicherung und sein Schutzraum. Maggie und er hatten es auch deshalb ausgewählt, weil es einen Garten hatte. Den Blick ins Grüne fand er immer beruhigend und irgendwie tröstlich. In seinem Beruf kam man mit grausamen Taten und viel menschlichem Leid in Berührung, gerade deswegen war dieser Rückzugsort so wichtig für ihn. Aber wie konnte er das nur Susan erklären?

Auch der Zusammenhalt in der Vorortsiedlung war ihm wichtig. Zwar war er mit den Nachbarn nicht wirklich befreundet, aber jeden Sommer grillten sie ein paar Mal gemeinsam. Nach der Trennung von Maggie hatten die Nachbarn sich rührend um ihn gekümmert. Er konnte sich vor Einladungen gar nicht mehr retten. Und Becky von nebenan hatte häufig für ihn mitgekocht. Es war beruhigend, zu wissen, dass Becky sofort die Polizei alarmieren würde, wenn fremde Leute sich an seinem Haus zu schaffen machten. Einbrüche waren hier so gut wie ausgeschlossen. Ob das in einer Wohnung in der Stadt jemals so sein könnte? Sicher lebte man dort doch anonym nebeneinander. Wobei, andererseits hatten Susan und Miranda sich ja nur deshalb kennengelernt, weil Miranda im selben Haus wohnte, in dem Susan ihre Praxis für Paartherapie hatte. Vielleicht war es dort gar nicht so anonym? Etwas gedankenverloren ging Jason in die Küche. Wenn er schon samstags arbeiten musste, wollte er sich heute mit dem Frühstück etwas mehr Zeit lassen als unter der Woche, wenn das Frühstück gerade in letzter Zeit häufig auch mal ganz ausfiel.

Als er zum zweiten Mal die Kaffeetasse füllte, klingelte sein Handy. Er sah auf das Display.
»Jack, was gibt's?«
»Bist du noch zu Hause oder schon auf dem Weg ins Büro?«
»Noch zu Hause, aber ich fahre gleich los.«
»Dann zieh dir was Vernünftiges an. Wir haben heute Nachmittag eine Pressekonferenz.«
»Pressekonferenz? Warum das denn? Was ist passiert?«
»Der Tote aus dem Fluss – es handelt sich tatsächlich um Timothy Severing. Wir fahren am besten heute noch zu seiner Frau und anschließend informieren wir die Presse.«
»So ein Mist! Jetzt haben wir also einen prominenten Mordfall und wahrscheinlich keinerlei heiße Spuren mehr, die wir verfolgen können.«
»Das hast du gut zusammengefasst, Chef. Wenn wir nicht im unmittelbaren Umfeld einen Schuldigen finden können, wird es schwierig. Und der Gärtner war es wahrscheinlich nicht.«
»Kinder hatte er keine, soweit ich weiß. Aber meinst du, seine Frau hat etwas damit zu tun? Könnte die ihn umgebracht haben?«, fragte Jason, die Bemerkung zum Gärtner ignorierend.
»Ich weiß nur, dass Frau Severing, die jetzt Shoemaker heißt, ziemlich vom Tod ihres Mannes profitiert hat. Über eine Million hat sie von der Versicherung kassiert. Sie hat die Anteile an der Firma behalten und wieder geheiratet. Alles Weitere erzähle ich dir, wenn du hier bist.«
»Alles klar, ich bin in 20 Minuten im Präsidium.«

Jason nutzte den Vormittag, um sich den Bericht des Pathologen genau durchzulesen und sich von Jack über alle weiteren Details zum Fall informieren zu lassen. Anschließend hatte er noch dringenden Verwaltungskram zu erledigen. Am späteren Nachmittag brachen er und Jack auf, um Frau Shoemaker die Nachricht zu übermitteln, dass die Leiche ihres ersten Mannes gefunden worden war. Sie hofften beide, dass sie das mit Fassung tragen würde und nicht darauf bestehen würde, die Leiche ihres Mannes noch einmal zu sehen. Bei Wasserleichen war das meist ein Schock für die Angehörigen. Die Pressekonferenz war für 19 Uhr angesetzt.

Grace war überrascht, durch die Videokamera zwei fremde Männer am Hoftor stehen zu sehen. Sie öffnete nie sofort, wenn sie keinen Besuch erwartete.
»Zu wem möchten Sie?«, fragte sie durch die Sprechanlage.
»Wir sind von der Polizei, machen Sie uns bitte auf. Wir wollen mit Frau Shoemaker sprechen.«
Sofort ging ihr Blutdruck in die Höhe. Das konnte nichts Gutes bedeuten. Leicht benommen betätigte sie den Türöffner.
»Was ist passiert?«, fragte sie, sobald die Männer an der Wohnungstür waren.
»Sind Sie Frau Shoemaker?«
Grace nickte.
»Mein Name ist Jason Klein und das ist mein Kollege Jack Bernard.«
Wie im Film zeigten die beiden Männer ihre Dienstausweise.
»Können wir kurz reinkommen?«
»Natürlich.«
Grace führte die beiden ins Wohnzimmer, blieb aber unschlüssig in der Mitte des Raumes stehen. Sie war zu nervös für Konversation und Höflichkeiten. Wenn wenigstens Sam hier wäre! Ausgerechnet heute kam er erst am Abend von einer Dienstreise zurück.
»Frau Shoemaker, wir haben die Leiche ihres ersten Ehemannes Timothy Severing gefunden«, sagte Jason, während er sich auf die Ledercoach setzte. Jack nahm neben ihm Platz.
»Die Leiche von Tim? Wo?«
»Wir haben sie im Fluss gefunden. Und wir müssen Ihnen mitteilen, dass er nicht an den Folgen eines Unfalls gestorben ist. Wir glauben, dass er getötet wurde.«
»Was sagen Sie da? Woher wollen Sie das wissen? Nach fünf Jahren?«
Jason zögerte einen kurzen Moment, dann fuhr er fort: »Ich weiß, das

ist jetzt sehr schwierig für Sie, Frau Shoemaker. Aber wir möchten Sie davon in Kenntnis setzen, dass wir die Ermittlungen wiederaufnehmen werden. Dürfen wir Ihnen in dem Zusammenhang noch ein paar Fragen stellen?«

Grace spürte, wie ihre Knie weich wurden. Sie setzte sich jetzt doch auf die Couch.

»Frau Shoemaker, können wir Ihnen noch ein paar Fragen stellen?«, wiederholte Jason.

»Ja, natürlich. Aber was soll das alles bringen, nach so langer Zeit?«

»Wir werden tun, was wir können, um den Mörder Ihres Mannes zu finden. Könnten Sie sich denn vorstellen, wer es war? Hatte er Feinde?«

Grace lachte leicht zynisch auf: »Ich bitte Sie, Herr Kommissar. Mein Mann war Unternehmer, er war erfolgreich, natürlich hatte er Feinde.«

»Denken Sie da an jemand Bestimmtes? Konkurrenten? Mitarbeiter, die er entlassen hat, vielleicht? Oder Geschäftspartner, die er enttäuscht hat?«

»Das ist alles so lange her. Ich kann mich an niemanden konkret erinnern. Ich muss erst mal darüber nachdenken.« Grace strich sich nervös durch die Haare.

»Natürlich«, sagte Jason. »Wir kommen in ein paar Tagen noch mal vorbei.« Die Männer blickten sich an und machten Anstalten, aufzustehen.

»Wie ist er denn getötet worden?«, fragte Grace, während sie sich erhob.

»Er wurde vermutlich mit einem Kabel erwürgt.«

»Oh, mein Gott! Das ist ja furchtbar!«

Die beiden Polizisten verließen das Haus mit dem Gefühl, Frau Shoemaker bald wieder einen Besuch abzustatten.

»Sag mal, Jason«, sagte Jack, als sie wieder im Auto saßen, »du hast ja mehr Erfahrung als ich, aber die Reaktion der Dame war schon merkwürdig, oder?«

»Ja, allerdings. Ich habe bei Gesprächen mit Angehörigen schon vieles erlebt. Aber es ist schon ein starkes Stück, dass sie sagte: ›Woher wollen Sie das wissen?‹, als wir sie darüber informierten, dass ihr früherer Ehemann ermordet wurde.«

»Und die Frage, wie er getötet wurde, kam ziemlich spät, fand ich. Normalerweise interessiert das die Angehörigen doch am meisten. Ich kann ja verstehen, dass man erst mal irritiert ist, wenn nach fünf Jahren die Leiche des toten Ehemannes plötzlich auftaucht und man erfährt, dass er Opfer eines Mordes wurde, aber ungewöhnlich war die Reaktion irgendwie schon.«

»Ich hätte auch erwartet, dass sie uns als Erstes fragt, wie er gestorben ist. Was wir darüber wissen, ob er leiden musste, diese Dinge eben.« Jason hielt kurze Zeit inne. »Aber vielleicht hat sie auch deswegen nicht danach gefragt, weil sie es schon wusste? Und am Ende ist ihr eingefallen, dass sie fast vergessen hätte, danach zu fragen, und dann hat sie diese Frage noch nachgeschoben?«

»Ja, genau, so ist es mir auch vorgekommen. Andererseits war Timothy Severing ein kräftiger Mann und er wurde immerhin erwürgt. Ich kann mir nicht vorstellen, dass seine Frau rein körperlich dazu in der Lage gewesen wäre. Da hätte er schon ziemlich wehrlos sein müssen, damit sie das schaffen kann.«

»Also vielleicht ihr neuer Ehemann? Womöglich waren sie damals schon ein Liebespaar und fanden, dass die Versicherungssumme ihr neues Glück versüßen könnte?«

»Klingt fast zu banal, oder?«

»Ja, aber banale Dinge geschehen nun mal jeden Tag.«

»Wir sollten uns diesen Samuel Shoemaker auf jeden Fall mal vornehmen, Chef.«

»Ja, das machen wir. Zuerst müssen wir aber noch klären, was wir der Presse erzählen.«

Kapitel 19

Grace stand noch einige Minuten wie erstarrt im Flur, als die Männer gegangen waren. Die Ermittlungen würden wieder aufgenommen werden. Der Albtraum begann erneut. Was hatte dieser Idiot von Killer nur getan? Wie konnte es sein, dass die Leiche wieder auftauchte? Klinisch sauber hätte es sein sollen, das Töten. Wie ein chirurgischer Eingriff. Ohne dass sie auch nur einen Finger rühren musste. Wieder meldete sich das bekannte Gefühl, in ihrer Schuld gefangen zu sein. Es verfolgte sie seit fünf Jahren. Durch den Auftrag, ihren Mann ermorden zu lassen, hatte sie ein Verließ um sich herum gebaut, das sie nie wieder verlassen hatte. Seit der Tat konnte sie nachts kaum mehr schlafen. Ihre Beziehung zu Sam hatte sich auch verändert. Beide wussten es, auch wenn keiner darüber sprach. Dennoch hoffte sie inständig, dass Sam bald nach Hause kommen würde. Er war ihr einziger Halt. Grace nahm sich einen Schnaps aus der Bar und setzte sich auf die teure Ledercouch. Sie hatte sich auf das Gespräch mit den Polizisten nicht vorbereiten können, es kam alles so plötzlich. Wahrscheinlich hatte sie verdächtig reagiert. Aber wie verhielt man sich in einem solchen Fall? Sie nahm einen kräftigen Schluck und spürte, wie die Wärme des Alkohols ihren Körper durchströmte.

Grace kam aus reichen Verhältnissen. Sie musste sich nie Gedanken darüber machen, wie viel sie monatlich ausgab. Sie hatte immer mehr als genug Geld zur Verfügung. Es war für sie überhaupt undenkbar, über Preise von Dingen nachzudenken, die sie gerne haben wollte. Stattdessen erwarb sie Designerklamotten einfach nur so aus Spaß, auch wenn sie die Sachen gar nicht brauchte. Für einen Besuch bei der Kosmetikerin gab sie manchmal in einer Stunde mehr aus, als andere im ganzen Monat zur Verfügung hatten.
Schon als Kind konnte sie die Vorzüge des Reichtums genießen. Ihr

Vater hatte eine Geschäftsidee entwickelt, die zwar nicht besonders aufregend, aber außerordentlich lukrativ war. Sein Versandhandel lief vor allem deshalb so gut, weil er schneller als andere die Möglichkeiten des Internets erkannt hatte. Er war immer optimistisch und voller Ideen. Jedes Vorhaben wurde von allen Seiten durchleuchtet, bevor er es umsetzte. Kosten, Nutzen, Risiken, Stärken und Schwächen – das war seine Welt. Wenn er von etwas überzeugt war, konnte er es mit einem unglaublichen Arbeitseinsatz stets realisieren.

Auch Graces' erster Ehemann hatte diese faszinierende Entscheidungsstärke besessen. Aber im Vergleich zum Versandhandel ihres Vaters hatte Tim über ein echtes Imperium regiert.
In seiner Firma waren über 3000 Mitarbeiter beschäftigt. Die Selbstverständlichkeit, mit der Tim Macht ausübte und jeden Tag wichtige Entscheidungen fällte, die auch das Schicksal dieser 3000 Menschen berührten, hatte sie immer anziehend gefunden. Erst mit den Jahren war ihre Liebe in Hass umgeschlagen.
Tim wurde immer egozentrischer. Er dachte nur noch an sich und seine Bedürfnisse. Und er begann zu trinken. Fast schleichend vollzog sich eine Entwicklung, die Grace nicht mehr beherrschen konnte. Irgendwann war aus ihrem Sexualleben eine Dienstleistung geworden, die sie zu erbringen hatte. Schließlich holte sich Tim alles, was er haben wollte, ihre Wünsche spielten keine Rolle mehr. Er war grob zu ihr, er schrie sie an. Fast jeden Abend, wenn er betrunken nach Hause kam, war er gewalttätig. Entweder mit Worten oder mit Taten.

Grace stellte fest, dass ihr Glas leer war. Während sie überlegte, ob sie sich noch ein zweites holen sollte, hörte sie, dass die Tür aufgeschlossen wurde. Samuel war zurück.
»Ist etwas passiert?«, fragte er sofort, als er Grace mit dem leeren Whiskyglas im Wohnzimmer sitzen sah.
»Ja, die Polizei war hier. Sie haben die Leiche im Fluss gefunden und wissen jetzt, dass es Mord war«, brach es aus Grace heraus.

»Ist das wahr?«, Samuel wurde blass. Seine Reise war anstrengend gewesen und er hatte sich auf den Feierabend gefreut.
»Ja, leider. Sie nehmen die Ermittlungen wieder auf.«
»Aber was sollen sie denn noch ermitteln, nach so langer Zeit?«
»Keine Ahnung. Ich weiß nur, dass ich das nicht noch mal durchstehe, Sam. Wir müssen das beenden. Vielleicht sollten wir uns stellen und alles erklären.«
»Bist du wahnsinnig? Sie haben uns schon vor fünf Jahren nicht erwischt. Und jetzt sind unsere Chancen viel besser als damals.«
Samuel setzte sich neben Grace und sah sie eindringlich an.
»Es wäre kompletter Irrsinn, wenn wir jetzt die Wahrheit sagen würden.«
»Sie werden wiederkommen und uns Fragen stellen. Immer wieder. Sie werden unseren Freunden Fragen stellen, den Mitarbeitern in der Firma.«
»Aber niemand wird sich an irgendetwas erinnern. Grace, das Ganze ist so lange her. Die Polizei wird nur ein paar Routineprüfungen machen und dann den Fall ad acta legen. Mordfälle werden entweder gleich aufgeklärt oder nie!«
»Die Polizisten wirkten auf mich nicht so, als hätten sie vor, das schnell ad acta zu legen.«
»Grace, wir müssen uns jetzt genau überlegen, was wir der Polizei sagen. So wie damals. Unsere Aussagen müssen kohärent und stichhaltig sein. Was genau haben sie dich gefragt und was hast du gesagt? Jedes Detail bitte, Grace!«
Grace schaute ihren Mann mit leeren und müden Augen an, als würde sie sagen wollen: Nicht noch einmal von vorne …

Kapitel 20

»Herr Kommissar, können Sie uns etwas darüber sagen, wie Herr Severing ermordet wurde?«, fragte einer der Journalisten.

»Das Opfer wurde erwürgt und anschließend in den Fluss geworfen«, berichtete Jason. »Bitte haben Sie Verständnis dafür, dass wir Ihnen keine weiteren Details mitteilen können. Dies könnte den Ermittlungserfolg gefährden.«

Jason schaute in den vollen Saal. Er konnte sich nicht erinnern, dass es in der Vergangenheit einen Fall gegeben hätte, der ein derart großes Medieninteresse hervorgerufen hatte. Aber Timothy Severing war eben, auch fünf Jahre nach seinem Tod, noch immer eine bekannte Persönlichkeit in Lansing. Zudem war der mysteriöse Unfalltod, der nun zum Mordfall geworden war, geradezu ein gefundenes Fressen für die Medien.

»Glauben Sie denn noch an einen Ermittlungserfolg, nach so langer Zeit?«, wollte ein anderer Journalist wissen.

»Mit modernen Methoden können wir heute einiges herausfinden. Wir sind daher zuversichtlich, dass wir den Fall lösen werden.«

»Haben Sie denn schon einen Verdächtigen?«

»Dazu kann ich Ihnen leider nichts sagen«, antwortete Jason knapp. Er dachte an Grace Shoemaker und ihr merkwürdiges Verhalten. Nach dieser Pressekonferenz würde ihr Haus unter Garantie von Medienvertretern belagert werden. Die nervliche Anspannung für sie und ihren Mann musste enorm sein, egal, ob sie etwas mit dem Mord zu tun hatten oder nicht.

Jetzt stand eine junge Frau mit großer Hornbrille auf, um eine Frage zu stellen: »Wie kommt es, dass die Polizei die Leiche damals nicht gefunden hat? Haben Sie nicht im Fluss nach ihr gesucht? Oder hat die Polizei aufgrund des Unwetters damals einfach angenommen, dass es ein Unglücksfall war?«

Das war ein wunder Punkt. Jason wollte auf keinen Fall den Eindruck erwecken, dass die Kollegen damals einen Fehler gemacht haben könnten. Dann würden sie die Presse gar nicht mehr loswerden.
»Doch, natürlich haben wir auch im Fluss nach der Leiche gesucht. Der mutmaßliche Unfall hatte sich ja am Flussufer zugetragen, allerdings einige Kilometer vom Fundort entfernt. Es war aber damals praktisch unmöglich, die Leiche zu finden. Der Täter ist mit äußerster Sorgfalt vorgegangen. Das Opfer wurde in einen Sack gepackt und mit Steinen beschwert, sodass die Leiche nicht auftauchen konnte. Wir verdanken es einem puren Zufall, dass ein Taucher sie gefunden hat.«
Dieser Taucher war noch in psychologischer Betreuung. Er war vom Bootsverleih beauftragt worden, nach einer wertvollen Bootsladung zu suchen, die am Tag zuvor untergegangen war. Stattdessen hatte er diesen Sack gefunden. Als er ihn anfasste, war ihm sofort klar, dass sich eine menschliche Leiche darin befand, denn er hatte einen Arm in der Hand.

»Deutet dieses Vorgehen nicht darauf hin, dass es sich bei dem Mörder um einen Profi gehandelt hat? Also zum Beispiel einen Auftragskiller?« Die Frage kam von einem Reporter aus der letzten Reihe.
»Beim aktuellen Stand der Ermittlungen schließen wir gar nichts aus. Wir ermitteln in alle Richtungen. Wenn Sie keine dringenden Fragen mehr haben, würde ich die Pressekonferenz hiermit gerne beenden. Wir werden Sie informieren, sobald wir neue Erkenntnisse haben.«
Die Unruhe im Raum ließ darauf schließen, dass die Presse gerne noch weitere, möglichst gruselige Details erfahren hätte. Aber Jasons Erfahrung sagte ihm, dass es am besten war, solche Veranstaltungen so kurz wie möglich zu halten. Deshalb stand er auf und nahm seinen Aktenordner in die Hand. Damit bedeutete er den Anwesenden, dass die Veranstaltung beendet war.

»Schon zurück?«, fragte Jack, als sein Chef wieder ins Büro kam.
»Ja, war lange genug, finde ich!« Alle wussten, dass Jason keine Pressekonferenzen mochte.

»Wir haben in der Zwischenzeit auch nicht gerade getrödelt. Es gibt neue Erkenntnisse.«

»Spann mich nicht auf die Folter! Was habt ihr herausgefunden?«

»Verdächtige Bargeldauszahlungen im Hause Shoemaker. Carl kennt alle Details.«

Damit lenkte Jack seinen Vorgesetzten in das Büro des jüngsten Mitarbeiters der Abteilung. Der Arbeitstag war für alle im Team noch lange nicht vorbei.

Kapitel 21

Zweimal hatte Jason bereits bei Susan angerufen, um ihr zu sagen, dass es später werden würde. Eigentlich war er zu müde, um sich heute Abend noch mit ihr zu treffen, und wäre liebend gerne einfach nach Hause gefahren. Aber er wusste, dass sie für ihn gekocht hatte, und wollte sie nicht enttäuschen. Dieser ganze Severing-Fall war doch komplizierter, als er zunächst gehofft hatte. Zusätzlich zu der schwierigen Beweisaufnahme hatten sie jetzt auch noch die Presse am Hals. Da die Familie des Opfers prominent war, wurde das Verfahren genau verfolgt und jeder polizeiliche Fehler konnte in einem öffentlichen Desaster enden. Angesichts der Tatsache, dass nicht nur er, sondern auch seine Mitarbeiter bereits jetzt überlastet waren, war dies alles andere als eine beruhigende Vorstellung. Mit diesen Gedanken beschäftigt, fuhr Jason zu Susan und parkte den Wagen direkt vor ihrer Wohnung. Es war bereits kurz nach neun Uhr.

»Es tut mir leid, Susan, aber ich konnte einfach nicht früher weg.«
»Ist schon in Ordnung. Die Arbeit geht natürlich vor.« Susan sagte dies ohne große Überzeugung. Jason konnte sehen, wie enttäuscht sie war, dass ihr gemeinsames Abendessen nicht so stattgefunden hatte, wie sie beide es sich vorgestellt hatten. Er sah den liebevoll gedeckten Tisch. Der Salat sah so aus, als würde er schon stundenlang dort stehen. Susans Glas war bereits benutzt, die Weinflasche etwa zu einem Viertel leer.
»Leider musst du den Lachs jetzt kalt essen. Ich wollte ihn nicht noch einmal aufwärmen. Und das Brot ist jetzt leider auch nicht mehr warm.«
»Das ist wirklich kein Problem. Ich esse auch gerne kalten Lachs. Hast du denn schon gegessen?«, fragte Jason, als er sich an den Tisch setzte.
»Nein, habe ich nicht«, antwortete Susan kurz und nahm ebenfalls Platz.

Jason war erleichtert. Der Abend konnte vielleicht doch noch etwas werden. Er goss sich erst mal ein Glas Wein ein.

Der kalte Lachs und der abgestandene Salat schmeckten tatsächlich gar nicht mal so schlecht. Während des Essens schwiegen sie die meiste Zeit.

»Bist du denn weitergekommen mit dem Fall?«, fragte Susan, aber in ihrer Stimme lag kein wirkliches Interesse. Sie versuchte nur, ein Gespräch mit Jason zu beginnen.

»Nicht wirklich. Aber ehrlich gesagt, möchte ich gar nicht mehr über die Arbeit reden. Ich versuche eigentlich, mich zu entspannen.«

»Ich wollte nicht aufdringlich sein. Natürlich sollst du dich entspannen.« Susan war gekränkt. Für sie war es wichtig, in einer Partnerschaft auch über berufliche Probleme reden zu können. Sie fühlte sich dann erleichtert. Offensichtlich war das bei Jason anders. Sie stellte fest, dass sie ihn auch nach einem Jahr noch nicht gut genug kannte.

Jason hatte den Unterton in ihrer Stimme wahrgenommen und suchte ihren Blick.

»Es gibt wirklich keinen Grund, sauer auf mich zu sein, Susan. Ich kann doch auch nichts dafür, dass bei uns im Moment die Hölle los ist. Ich hätte auch gerne mal früher Feierabend.«

»Wie kommst du darauf, dass ich sauer bin? Ich habe doch gar nichts gesagt.«

»Aber ich merke doch, dass du sauer bist.«

»Nein, bin ich gar nicht. Ich hatte auch eine anstrengende Woche. Es ist ja nicht so, dass ich den ganzen Tag Golf spielen würde.«

»Dann ist es vielleicht besser, wenn ich jetzt nach Hause fahre.«

»Ich dachte, du bleibst über Nacht hier?«

»Nein, sorry, aber ich fahre lieber nach Hause. Ich muss morgen früh noch ein paar Einkäufe machen und würde gerne früh ins Einkaufszentrum fahren, sonst ist es dort sonntags immer so voll.«

»Okay, dann ist es sicher besser, wenn du zu Hause schläfst.« Sagte

Susan mit wenig Überzeugung. Das mit dem Einkaufszentrum klang für sie wie ein Vorwand.
»Wenn es nach mir ginge, dann gäbe es das nicht mehr mit meinem und deinem Zuhause, Susan. Wenn du nicht so stur wärst, dann hätten wir schon längst beide das gleiche Zuhause und alles wäre einfacher.«
»Wenn ich nicht so stur wäre?«, Susan schaute Jason mit großen Augen an. Hatte sie richtig gehört? Hatte er das wirklich zu ihr gesagt?
»Also, das habe ich nicht so unfreundlich gemeint, wie es gerade klang. Ich meine, es wäre eben alles einfacher, wenn wir zusammen wohnen würden. Aber ich will das jetzt gar nicht ausdiskutieren. Ich bin wirklich zu müde für eine solche Unterhaltung.«
Jason stand auf und nahm Susan vorsichtig in die Arme. Dieser ganze Abend war irgendwie schiefgegangen. Aber er hatte sich doch vorhin schon entschuldigt. Wie oft sollte er das denn noch tun?

Kapitel 22

Am frühen Sonntagmorgen sah Bill auf einmal klar. Er wollte nicht in seiner Wohnung sitzen und auf den Beginn des Sterbens warten. In der Nacht hatte er einen Albtraum gehabt, der ihn noch immer nicht losließ und ihm einen ersten Funken davon vermittelte, wie es sein würde, zu sterben. Er hatte geträumt, dass er ans Bett gefesselt war und sich nicht bewegen konnte.
Beim Zähneputzen fasste er dann den Entschluss, den Zeitpunkt seines Sterbens selbst zu bestimmen. Er würde nicht zulassen, die Kontrolle über das eigene Leben und Sterben zu verlieren. Er hatte dreimal getötet und würde es ein viertes Mal tun. Dieser Gedanke fühlte sich gut an. Sobald er die Kaffeemaschine angestellt und sich am Küchentisch niedergelassen hatte, dachte er über den richtigen Zeitpunkt nach. Bill war hochkonzentriert. Er brauchte jetzt einen klaren Kopf, um die richtige Entscheidung zu treffen. Er hatte ausreichend Kontakte, um sich illegal Gift zu besorgen. Das war also kein Problem. Aber der Zeitpunkt musste sorgfältig gewählt werden.

Er schaute zum Fenster. Es war mild, ein Hauch von Frühling. Seine liebste Jahreszeit. Vielleicht wäre im Oktober oder November ein guter Moment, das Ganze zu beenden? Oder wäre das zu spät? Oder zu früh? Vielleicht hätte er noch ein paar gute Monate vor sich. Sollte er die verschwenden? Woran sollte er die Entscheidung festmachen? Vielleicht sollte er es dann tun, wenn die Schmerzen so stark wurden, dass er permanent Schmerzmittel nehmen musste. Oder er könnte eine Liste erstellen, mit allen Dingen, die er noch erledigen wollte, und sich dann umbringen, wenn alles abgehakt war. Letzteres verwarf er gleich wieder. Das könnte zu lange dauern und er wollte Klarheit in diesem Punkt.
Er legte sich vorerst auf den 1. Oktober fest. Innerlich machte er einen Eintrag in seinem Kalender. Sollte es ihm dann immer noch so gut gehen, dass er nicht dauerhaft Schmerzmittel bräuchte, könnte er das

Ganze auch um einen Monat verschieben, auf den 1. November. Ein guter Plan, sagte er sich. Er hatte also noch einen Frühling und einen Sommer vor sich. Das klang erschreckend und beruhigend zugleich. Mit der Zeit würde er sich an den Gedanken gewöhnen.
»Ich werde am 1. Oktober sterben«, sagte er leise vor sich hin. Möglicherweise würde dieser Satz seinen Schrecken verlieren, wenn er ihn mehrmals wiederholte.

Vielleicht würde es dennoch nicht schaden, eine Liste mit Dingen zu haben, die unbedingt noch zu tun sind? Eine wichtige Sache hatte Bill bereits erledigt. Er war bei Annas Eltern gewesen. Bill dachte an den gestrigen Tag zurück. Der Besuch war so ganz anders verlaufen, als er es erwartet hatte. Die erste Überraschung war, dass die beiden ihm keine Vorwürfe machten. Im Gegenteil. Sie waren glücklich, dass er Anna zur Adoption freigegeben hatte, sodass sie bei ihnen aufwachsen konnte. Sie fragten nicht mal nach, warum er sein Kind weggegeben hatte. »Der liebe Gott hat Anna zu uns gebracht«, hatte Kathrin Nolan gesagt, »es war Schicksal.« Das war die zweite Überraschung: Die beiden waren tiefreligiös. Sie waren die einzigen wirklich gläubigen Menschen, die Bill kannte. Unter anderen Umständen hätte er sicherlich eine flapsige Bemerkung gemacht, so nach dem Motto: »Also der liebe Gott war nun wirklich nicht dabei. Das hätte ich gemerkt.« Aber Kathrin schaute ihn mit ihren treuen, braunen Augen so ernst an, dass ihm jeder Scherz im Hals steckenblieb. Sie liebte Anna von ganzem Herzen, das allerdings war keine Überraschung. Das hatte er erwartet. Sie sahen freundlich und gütig aus, aber ihre Gesichter waren eher grobschlächtig. Kein Vergleich mit den zarten Gesichtszügen seiner Tochter Anna.

»Ich freue mich sehr, dass wir uns kennenlernen! Anna hat ja voller Begeisterung von Ihnen gesprochen. Und die Ähnlichkeit kann ich auch sofort erkennen. Meine Güte, ist das eine Freude!«, so hatte Frau Nolan ihn begrüßt. Bill war etwas überfordert von ihrem Gefühlsaus-

bruch. Es sah fast so aus, als wolle sie ihn umarmen. Stattdessen wich Bill unwillkürlich etwas zurück und streckte ihr die Hand hin.
»Vielen Dank, Frau Nolan. Ich freue mich auch, Sie kennenzulernen.«
Kathrin Nolan sah alt aus für eine Mutter mit einem 17-jährigen Kind. Sie war etwas übergewichtig, trug eine bequeme, helle Baumwollhose und ein einfaches dunkelblaues T-Shirt. Ihr Gesicht war ungeschminkt. Die zarten Fältchen zeichneten sich überall ab, sobald sie sprach oder lächelte. Der Redefluss dieser Frau war nicht zu stoppen, auch während sie Bill ins Esszimmer führte, sprach sie weiter. Bill hörte kaum hin. Sein Blick war auf die Wohnung geheftet. Der Flur, das Wohnzimmer, die Küche. Hier hatte Anna ihre Kindheit verbracht. In der geräumigen Küche angekommen, streckte ein älterer Herr ihm die Hand hin. »Mein Name ist Wilson Nolan. Freut mich, Herr White!« Anders als seine Frau war der Mann sehr hager, aber er hatte die gleichen gutmütigen Augen.

Kaum hatten sie sich zum Mittagessen niedergelassen, die Gläser mit Wasser gefüllt und das Tischgebet gesprochen, bot Kathrin Bill auch schon das Du an. Das geschah, noch bevor sie die Kalbsschnitzel verteilte. »Wir sind ja quasi eine Familie.«
Warum nur waren die so nett zu ihm? Fanden sie es nicht befremdlich, dass er sein Baby weggegeben hatte? Offensichtlich nicht. Wahrscheinlich sahen sie darin nur einen kleinen Teil des großen göttlichen Plans. Kathrin redete auch während des Essens die meiste Zeit.
»Ich hätte mir ja Sorgen gemacht, wenn ihr euch früher kennengelernt hättet. Weißt du, als Pflegeeltern hat man ständig die Befürchtung, dass die leiblichen Eltern wieder auftauchen und ihr Kind zurückhaben wollen. Noch schlimmer ist der Gedanke, das Kind würde vielleicht lieber bei den biologischen Eltern leben. Oder bei einem Elternteil, wenn die Eltern getrennt sind bzw. einer von beiden verstorben ist, wie in deinem Fall. Aber jetzt, wo Anna nächste Woche 18 wird, muss ich mich ohnehin daran gewöhnen, dass sie bald flügge wird.«
Bill sah Anna an. »Du hast nächste Woche Geburtstag?«
»Ja, am Donnerstag. Dann bin ich endlich volljährig.«

Natürlich, jetzt fiel es ihm wieder ein. Es war Frühling gewesen, als sie geboren wurde. Draußen war der Schnee getaut und die Sonne kam allmählich hervor. Er war mit dem Wagen ins Krankenhaus gefahren. Bei der Geburt war er nicht dabei gewesen, das hatte er sich nicht zugetraut. Er hatte das Baby am Tag nach der Geburt zum ersten Mal gesehen. Jo war noch so erschöpft, sie konnte kaum aufstehen. Aber sie sah glücklich aus, als sie das Baby im Arm hielt. Wie wäre ihr gemeinsames Leben wohl verlaufen, wenn seine geliebte Jo nicht diesen Unfall gehabt hätte? Eine Stimme riss Bill aus seinen Gedanken.
»Wie war das jetzt? Möchtest du noch ein Schnitzel?«, fragte Kathrin.
»Nein danke. Sie sind wirklich köstlich, aber ich bin satt, danke.«

Direkt nach dem Essen gab es einen Kaffee und Muffins für alle. Anschließend brach Bill auf. Auch wenn die Nolans ihm vorschlugen, noch einen Spaziergang zu machen, blieb er dabei, dass er zurückmüsse. Sie verabschiedeten ihn freundlich, er umarmte Anna. »Ich überlege mir noch was für deinen Geburtstag«, raunte er ihr ins Ohr. »Danke, ich freue mich! Und danke, dass du gekommen bist!«
Alle schienen erleichtert zu sein, dass das Kennenlernen gut verlaufen war. Bill fuhr bestens gelaunt nach Hause. Auf den Straßen war wenig los und er war schnell wieder zurück in seinem Heimatort. Er bremste etwas ab, als er am Haus der Shoemakers vorbeikam. Es wurde bereits dunkel, bei Shoemakers brannte Licht. Ihm fiel ein, dass er sie in den letzten Wochen nicht mehr beobachtet hatte. Jetzt fand er die Vorstellung, dort hinter dem Busch zu kauern und zu sehen, was in ihrem Wohnzimmer vor sich ging, geradezu gespenstisch. Warum hatte er das getan? Trotzdem wagte er einen kurzen Blick auf die Villa. Sie schienen Besuch zu haben. War das ein Polizeiwagen vor dem Haus? Schon aus Gewohnheit erschrak er jedes Mal leicht, wenn er einen Polizeiwagen sah. Was wollte die Polizei bei den Shoemakers? Hatten sie die Erpressung vielleicht doch angezeigt?

Kapitel 23

Bill war so glücklich wie schon lange nicht mehr. Es fühlte sich so an, als wäre Jo wieder bei ihm. Immer wieder sah er zu ihr hinüber. Die Flugbegleiterin servierte gerade Getränke. Sie freuten sich beide auf Paris. Anna war noch nie dort gewesen.
»Du bist jetzt volljährig, da wird es Zeit, dass du die schönste Stadt der Welt mal kennenlernst!«, hatte Bill am Telefon zu Anna gesagt, als er sie an ihrem Geburtstag anrief.
»Die schönste Stadt der Welt? Du meinst New York?«
»Nein, ich meine Paris! Das ist die Hauptstadt von Frankreich. Du weißt doch, Anna, Paris sehen und …«
»Ist das nicht irrsinnig teuer?«
»Nicht so teuer, wie du denkst. Außerdem wird man ja nur einmal volljährig. Die ganze Reise ist ein Geburtstagsgeschenk von mir an dich. Aber natürlich beschenke ich mich damit vor allem selbst. Ich freue mich schon sehr darauf, dir die Sehenswürdigkeiten von Paris zu zeigen!«
Für ein paar Sekunden hatte es ihr die Sprache verschlagen. »Das ist das schönste Geburtstagsgeschenk, das ich je bekommen habe«, hatte sie dann gesagt, um ihn anschließend mit Fragen zu bombardieren: »Wann geht es los? Was muss ich mitnehmen? Was soll ich anziehen? Wird es wärmer oder kälter sein als bei uns? Wo werden wir übernachten?«
Bill hatte alles schon geplant. Er hatte sogar die Flüge schon herausgesucht, aber noch nicht gebucht, da er nicht sicher sein konnte, ob ihr der Termin auch passte.
»Jeder Termin hätte gepasst!«, hatte sie geantwortet.

»Warst du mit Jo auch in Paris?«, sagte Anna jetzt, nachdem sie einen Schluck von ihrem Eistee genommen hatte.
»Ja, einmal … Es war unsere Hochzeitsreise.«

»Im Ernst? Das ist ja wunderbar! Zeigst du mir alle Orte in Paris, die du mit ihr besucht hast?«

»Das wird nicht ganz einfach sein, Anna. Wir waren damals zehn Tage dort und jetzt haben wir gerade mal fünf. Wir müssten alles doppelt so schnell machen.«

»Trotzdem, wir schaffen das schon.« Anna nahm ihren Reiseführer in die Hand, obwohl sie eigentlich alles schon gelesen hatte.

Nachdem sie gelandet waren, fuhren sie mit dem Taxi zum Hotel. Anna schaute die ganze Fahrt über in Gedanken versunken zum Fenster hinaus. Im Hotel angekommen, nahm ihnen ein freundlicher Portier die Taschen ab.

»Das ist aber ein schickes Hotel! Ist es das gleiche wie bei eurer Hochzeitsreise?«

»Nein, damals hätten wir uns das nicht leisten können. Wir waren in einer kleinen Pension mit durchgelegenen Matratzen und Katzenpisse in allen Ecken. Das wollte ich dir nicht zumuten«, lachte Bill.

Nach wenigen Minuten auf ihren Zimmern machten sie sich gleich wieder auf, die Stadt zu erkunden. Paris war noch schöner, als Bill es in Erinnerung hatte, und der Sonnenschein mit angenehmen Temperaturen tat sein Übriges. Hier war eindeutig schon Frühling. Sie tranken einen großen Milchkaffee, bevor sie sich die Ausstellung am Centre Pompidou anschauten. Allein die Architektur war schon so beeindruckend, dass es der Ausstellungsobjekte gar nicht bedurft hätte, um Anna in Staunen zu versetzen.

Am Abend waren sie aufgrund der Zeitverschiebung noch gar nicht müde. Auch ein langer Spaziergang durch die nächtlichen Straßen von Paris ließ sie nicht schläfrig werden. Daher entschlossen sie sich zu einem Abstecher in die Hotelbar. Im Hintergrund hörten sie leise französische Chansons. Bill war froh, dass er dieses Hotel ausgewählt hatte. Es war perfekt für ihren Ausflug und versprühte in allen Zimmern einen altertümlichen französischen Charme. Anna erzählte ihm von ihrem ersten Freund, der sie vor Kurzem verlassen hatte. Sie sprach davon, wie sehr sie das verunsichert hatte. Sie erzählte ihm auch von ihren Plänen, dass sie gerne eine Familie haben würde, mit vielen Kindern. Bill sagte nicht viel. Er hörte ihr nur zu.

»Denkst du an Jo? An die Tage, die du mit ihr in Paris verbracht hast?«
»Ja, ich denke ständig an sie. Alles hier erinnert mich an unsere gemeinsame Zeit.«
»Macht dich das traurig?«
»Nein, gar nicht. Oder vielleicht doch. Ich weiß nicht genau, es ist ein melancholisches Gefühl, aber dann auch wieder sehr schön.«
»Erzähle mir von ihr! Wie war sie?«
»Ich habe doch schon so viel von ihr erzählt.«
»Trotzdem! Ich höre dir so gerne zu, wenn du von ihr sprichst.«
»Sie war eine ganz ungewöhnliche Frau. Schon in jungen Jahren wusste sie genau, was sie wollte. Habe ich dir schon erzählt, dass sie erst mit mir ausgegangen ist, nachdem ich mich bei der Polizei gemeldet hatte und sie wusste, dass nichts gegen mich vorlag?«
Anna musste laut lachen. Die Gäste am Nebentisch drehten sich zu ihr um, was sie aber nicht registrierte.
»Ist das wahr?«
»So wahr ich hier sitze.«
»Und du bist tatsächlich zur Polizei gegangen?«
»Ja, bin ich. Ich wollte ja schließlich mit ihr ausgehen.«
»Aber warum hat sie denn gedacht, dass du etwas ausgefressen haben könntest?«
»Es gab viele Gangs zu der Zeit, und sie wollte eben einfach sichergehen. Ich konnte sie aber davon überzeugen, dass nicht jeder, der Motorrad fährt, ein Gangster ist.«
»Und das ist dir dann gleich bei der ersten Verabredung gelungen?«
»Ja, das ist mir ziemlich schnell gelungen. Und später ist sie dann sogar mit mir zusammen Motorrad gefahren.«

Die folgenden Tage waren für Bill ein Wechselbad der Gefühle. Er war dankbar dafür, dass er die Gelegenheit hatte, seine Tochter so gut kennenzulernen. Gleichzeitig dachte er jeden einzelnen Tag an Jo. Die ganze Vergangenheit kam wieder in ihm hoch. Immer wenn er Anna ansah, fragte er sich, warum alles so gekommen war.

Jeden Abend fühlte er sich völlig erschöpft. Das stundenlange Herumlaufen in der Großstadt war anstrengend für ihn, aber er versuchte, sich nichts anmerken zu lassen. Wenn er alleine auf seinem Zimmer saß, begann er, Gespräche mit seinem Tumor zu führen. Er versuchte, seinen Tumor davon zu überzeugen, dass er erst wieder weiterwachsen solle, wenn sie zurück in Michigan waren.

Bitte nicht hier in Paris! Lass mich diese Tage noch genießen, danach kannst du dich ausbreiten, so viel du willst. Ich bin bereit zu sterben, sobald ich wieder zu Hause bin, wenn es unbedingt sein muss. Aber bitte gönne mir noch ein paar Tage! Nur noch diese wenigen Tage!

Kapitel 24

Anna und Bill saßen in einem ruhigen Pariser Café und gönnten sich eine kleine Pause.
»Warum habt ihr Virginia verlassen? Ihr wart doch noch so jung.«
Anna rechnete im Kopf nach. »Noch keine 20 auf jeden Fall.«
»Ja, das stimmt. Wir waren sehr jung. Wir wollten einfach weg, etwas Neues anfangen.«
Bill dachte an die damalige Zeit zurück. Wie sollte er ihr erklären, was geschehen war?
»Was haben deine Eltern dazu gesagt?«, fragte Anna und nahm ein Stück von ihrem Apfelkuchen auf die Gabel. Auch Bill, der sonst nie Kuchen aß, hatte sich von der Auslage in diesem Café verführen lassen und einen Käsekuchen bestellt. Es war eher eine Käsesahnetorte, aber das war ihm auch recht.
»Mit meinen Eltern, das war nicht so einfach damals«, sagte Bill. »Meine Tante Erin wohnte ja bei uns.«
»Sie wohnte in eurem Haus? Warum?«
»Zuerst hat sie mit ihrem Mann, also dem Bruder meines Vaters, ein paar Straßen weiter in der gleichen Stadt gewohnt. Ihr Mann James war Vollzugsbeamter. Eines Tages gab es eine Revolte unter den Gefangenen, sie nahmen ihn als Geisel und haben ihn später erschossen.«
Anna ließ ihre Kuchengabel sinken und starrte Bill an.
»Was sagst du da? Das ist ja schrecklich!«
»Ja, allerdings. Das war es in der Tat, für uns alle. Aber am allermeisten natürlich für Erin. Sie war danach nicht mehr fähig zu arbeiten. Sie war eigentlich zu nichts mehr fähig, deshalb ist sie zu uns gezogen. Hinzu kam auch, dass sie das Haus verkaufen musste. Man sollte ja meinen, dass mein Onkel als Vollzugsbeamter abgesichert war, aber nein. Erin war praktisch mittellos nach seinem Tod.«
»Was für ein grausames Schicksal! Gut, dass ihr in der Nähe wart, um zu helfen.«

»Ja, das haben alle gesagt. Jedenfalls am Anfang.«

Anna ahnte, dass mehr dahintersteckte. Bill hatte ihr noch längst nicht die ganze Geschichte erzählt.
»Und wie ging es weiter?«
»Erin blieb einfach bei uns. Wir konnten sie ja schlecht bitten, auszuziehen, nach allem, was passiert war. Mein Vater arbeitete in einem Obst- und Gemüsegroßhandel. Mit Mitte 50 war sein Rücken so kaputt, dass er nicht mehr arbeiten konnte. Er war also die meiste Zeit zu Hause mit Erin, während meine Mutter das Geld verdiente. Sie war bei einer Reinigungsfirma angestellt.«
»Jetzt sage mir nicht, dass dein Vater mit deiner Tante …«
»Doch, genau. Irgendwann kam ich am Nachmittag nach Hause und ertappte ihn mit Erin auf der Couch. Beide waren nur halb angezogen und sahen sehr erschreckt aus, als sie mich erblickten.«
»Und deine Mutter wusste davon?«
»Zuerst nicht. Meine Schwester Nelly und ich wussten es, aber wir waren uns nicht sicher, ob wir es ihr sagen sollten. Fast jeden Tag haben wir darüber beratschlagt, ob wir mit ihr sprechen sollen oder eher nicht. Beides war irgendwie schlecht. Und mein Vater hat uns unter Druck gesetzt, kein Wort zu erzählen. Er behauptete, wir hätten das ohnehin falsch verstanden und unsere kindliche Fantasie wäre mit uns durchgegangen. Irgendwie haben wir sogar gehofft, dass wir uns irrten. Wir haben uns selbst eingeredet, es wäre alles in Ordnung.«
»Das muss schlimm für euch als Kinder gewesen sein.« Sagte Anna voller Mitgefühl.
»Ja, ich denke, das war es wohl.«
»Ging das lange so?«
»Jedenfalls fanden wir es unendlich lang. Aber irgendwann hat meine Mutter es natürlich dann doch gemerkt und wir mussten uns eingestehen, dass wir uns das alles nicht eingebildet hatten. Da war ich aber schon mit Jo nach Michigan gezogen.«
»Haben deine Eltern sich getrennt?«

»Ja. Sobald meiner Mutter klar wurde, was hinter ihrem Rücken läuft, war es aus. Sie hat die beiden vor die Tür gesetzt. Ich habe erst wieder von meinem Vater gehört, als er bereits an einem Herzinfarkt verstorben war.«

Diese Sache mit Erin war tatsächlich einer der Gründe gewesen, warum Bill es zu Hause nicht mehr ausgehalten hatte. Noch wichtiger war aber, dass er Angst um Jo hatte. Seit er mit ihr zusammen war, hatte er sich von den Devils losgesagt. Seine ehemaligen Kumpels machten sich über ihn lustig und drohten ihm auch offen damit, Jo etwas anzutun.
»Hast du die Regeln vergessen?«, raunte King ihm mal im Supermarkt zu. »Die Kleine könnte mir schließlich auch gefallen. Vielleicht mache ich sie für eine Nacht zu meiner Queen?«
»Vergiss es, King. Du bist ganz sicher nicht ihr Typ.«
»Da wäre ich mir gar nicht so sicher. Sie weiß es vielleicht nur noch nicht.«
Als Bill klar wurde, was dieser Satz zu bedeuten hatte, war ihm so, als würde das Blut in seinen Adern gefrieren. Er wusste, dass er und Jo nur sicher waren, wenn sie diesen Ort verließen.
Diesen Teil der Geschichte wollte er Anna aber lieber nicht erzählen. Er wäre damals am liebsten nach Kalifornien gegangen, davon hatte er immer geträumt.

»Warum ausgerechnet Michigan?«, frage Anna und riss Bill aus seinen Gedanken.
Bill lächelte, als er antwortete: »Deine Mutter war so unglaublich pragmatisch, weißt du. So pragmatisch und klug. Ich habe vorgeschlagen, nach Kalifornien zu gehen, oder nach Florida, das klingt nach Sommer, Sonne, Liebe. Aber sie sagte: ›Alles, was nach Sommer, Sonne und Liebe klingt, ist zu teuer für uns. Jeder will nach Kalifornien. Lass uns in einen Staat gehen, über den es weder ein Lied noch einen Film gibt.‹«

»Kein Lied und keinen Film?«
»Ja, das war ihr Kriterium. Ein ganz normaler, langweiliger Staat, der keine Träumereien hervorruft, verstehst du? Wir waren ja nicht gerade reich. Sie war noch auf dem College und ich habe bei einer Schreinerei ausgeholfen. Aber so richtig gelernt hatte ich diesen Beruf damals noch nicht.«
»Und du warst mit Michigan gleich einverstanden?«
»Ja, mir war es letztlich egal. Ich habe gesagt: ›Wenn es nicht Kalifornien wird, können wir auch nach Michigan gehen. Überall, wo wir zusammen sein können, wird es schön werden.‹ Und so war es ja auch.«

Kapitel 25

Bill hatte schlecht geschlafen, die ganze Nacht über war er von Schmerzen geplagt worden. Er hatte zwar seine Medikamente genommen, aber nachts wurde ihm häufig schlecht davon.
Heute Morgen rächte sich, dass er am gestrigen Abend nichts Vernünftiges mehr gegessen hatte. Nach einem großen Eis am Nachmittag hatten sie beide keinen richtigen Hunger mehr gehabt. Die Schmerzmittel vertrug er aber nur, wenn er regelmäßig Mahlzeiten zu sich nahm. Er hatte in der Nacht auch immer wieder das Gefühl gehabt, nicht mehr richtig atmen zu können, was seinen ganzen Körper jedes Mal in Panik versetzte.
»Hast du gut geschlafen? Du siehst etwas müde aus«, sagte Anna beim Frühstück zu ihm.
»Nein, alles bestens. Es geht mir gut«, log er.
Auch Anna hatte nicht besonders gut geschlafen. Sie war am Abend noch lange wach gelegen und hatte über die Familie ihres Vaters nachgedacht. Es beschäftigte sie sehr, wie grausam und unerwartet der Tod in Bills Leben zugeschlagen hatte. Zuerst bei seinem Onkel und später bei seiner Frau, ihrer Mutter.

»Was ist eigentlich aus deiner Schwester Nelly geworden?«, fragte Anna, als sie sich die zweite Tasse Kaffee eingoss.
»Wie kommst du denn jetzt auf Nelly?«
»Na ja, du hast doch gesagt, dass du zu Hause ausgezogen bist, nachdem das mit deinem Vater und deiner Tante Erin passiert war. Was hat deine Schwester gemacht? Ist sie auch ausgezogen?«
»Nein, sie ist bei meiner Mutter geblieben. Nachdem mein Vater und Erin ausgezogen waren, hatte sie das Gefühl, dass sie ihr beistehen müsse in der Zeit nach der Trennung und dann während der Scheidung.«
»Deine Eltern haben sich also wirklich scheiden lassen und dein Vater ist bei deiner Tante geblieben?«

»Ja, das nehme ich an. Ich habe, wie gesagt, keinen Kontakt mehr mit meinem Vater gehabt, seitdem er ausgezogen war. Seine neue Adresse kannte ich nicht. Als ich von seinem Tod erfahren habe, konnte ich mich nicht mal dazu durchringen, zu seiner Beerdigung zu gehen.«
»Du warst nicht bei seiner Beerdigung?«, fragte Anna fassungslos. Obwohl sie ihre Pflegeeltern liebte, war sie immer davon ausgegangen, dass das Band zu den leiblichen Eltern noch stärker sein müsste. Trotz aller Probleme, die Bill mit seinem Vater und seiner neuen Beziehung gehabt hatte, war es unvorstellbar für sie nicht zumindest am Grab des Vaters Frieden damit zu schließen.
»Nein, die trauernde Erin hätte ich nun wirklich nicht ertragen. Und mein Vater war ja schon tot. Was hätte er davon gehabt?«
»Und mit deiner Mutter hast du noch Kontakt?«
»Hatte ich, sie ist mittlerweile ebenfalls verstorben. Kurz nach der Scheidung ist sie an Krebs erkrankt und etwa ein Jahr später gestorben. Nelly war die ganze Zeit bei ihr und hat sich um sie gekümmert. Erst als meine Mutter nicht mehr da war, hat sie das Haus verkauft und sich eine kleine Wohnung genommen.«
»War deine Schwester denn nie verheiratet?«
»Nelly? Nein, nie. Sie hatte natürlich hin und wieder Partnerschaften, aber bis zur Heirat ist es nie gekommen. Jetzt lebt sie schon so lange alleine, dass sich das auch bestimmt nicht mehr ändern wird.«
»Besuchst du sie oft?«
»Ehrlich gesagt, ich war schon seit Jahren nicht mehr dort. Sie wohnt noch immer in Virginia. Aber wir sollten sie mal besuchen. Wir beide, meine ich. Sie würde sich sicher freuen, dich kennenzulernen.«
»Ich würde mich auch freuen. Sie ist ja ein Teil meiner Familie.«

Sie hatten sich für heute vorgenommen, den Eiffelturm zu erklimmen. Bill war den Strapazen des Aufstiegs kaum gewachsen und geriet völlig außer Atem. Aber er wollte es unbedingt schaffen, es bedeutete ihm sehr viel. Auch mit Jo hatte er damals auf der obersten Plattform gestanden und die atemberaubende Aussicht genossen. Diese Stadt weckte Erinnerungen, die tief in seinem Inneren vergraben waren. So vieles, was längst vergessen schien, fiel ihm wieder ein. Oben angekommen, legte Bill seinen Arm um Annas Schultern. Während sie über die Stadt blickten, waren beide in Gedanken versunken. Anschließend schlenderten sie über die Champs-Élysées bis zum Triumphbogen. Anna wollte sich unbedingt ein T-Shirt als Erinnerung kaufen. Sie suchte sich eines aus, das den Eiffelturm mit dem Schriftzug »I love Paris« zeigte. Bill schenkte es ihr. Dann war es an der Zeit, wieder ins Hotel zurückzukehren.

»Lass uns eine kurze Pause machen, in Ordnung? Ich muss mich, glaube ich, mal kurz hinlegen«, schlug Bill vor, als sie in der Lobby angekommen waren.
»Ja, gute Idee. Ich wollte ohnehin noch ein paar Fotos bei Facebook hochladen. Wann wollen wir uns denn wieder treffen?«
»Vielleicht zum Abendessen, so gegen acht Uhr? Ich würde das Hotelrestaurant vorschlagen. Es ist im obersten Stock und man hat einen wunderbaren Blick über die Stadt.« Die Vorstellung, heute noch ausgehen zu müssen, erschien Bill geradezu übermenschlich anstrengend.
»Ja, sehr gerne. Bis später dann.«

Das Restaurant bot tatsächlich einen wunderbaren Blick über die Stadt, aber Bill konnte an diesem Abend nichts wirklich genießen. Er spürte, dass er immer schwächer wurde. Vielleicht hatte er sich doch übernommen. Er versuchte, gleichmäßig zu atmen und die Übelkeit zu unterdrücken, aber das gelang ihm nur eine Zeitlang. Obwohl das Restaurant für seine feine französische Küche bekannt war, hatte er überhaupt keinen Appetit. Es fiel ihm schwer, sich auf die Unterhaltung mit Anna zu konzentrieren. Was hatte sie gerade gesagt?
»… ist also ganz der Vater! Das war seine erste Bemerkung. Er wusste natürlich nicht, dass ich adoptiert bin.«
»Ganz der Vater? Du? … Du siehst deinem Pflegevater doch gar nicht ähnlich.«

»Ja, das sage ich doch gerade. Die Leute konstruieren so was einfach, weil sie denken, es müsste so sein. Wahrscheinlich hat mein Sportlehrer auch gar nicht so genau hingeschaut.«

Anna griff zu ihrem Glas. Bill konnte ihr Gesicht nur noch verschwommen wahrnehmen. Er hatte den Salat, den es als Vorspeise gab, kaum angerührt. Hoffentlich kam der Ober bald, um den Teller wieder abzuräumen. Ihm war sehr schlecht. Er spürte kalten Schweiß am ganzen Körper. Er griff zum Weißbrot, das konnte hoffentlich nicht schaden.

»Bill, du bist ganz blass. Ist etwas nicht in Ordnung? Und deinen Salat hast du auch nicht angerührt.«

»Ich …«, Bill spürte, dass er dringend aufstehen musste, auch wenn es ihm wahnsinnig schwerfiel. »Ich muss kurz …« Er ging ein paar Schritte, dann wurde es dunkel. Wenige Sekunden war er ohne Bewusstsein, dann sah er Annas Gesicht.

»Oh, mein Gott, Bill!«, sie hatte sich über ihn gebeugt und half ihm aufzustehen.

Ein Ober kam herbeigeeilt und führte ihn zum Ausgang des Restaurants. Gäste, die zusammenbrechen, wollte man hier ganz offensichtlich nicht haben. Der Ober war bedacht, kein Aufsehen zu erregen, damit die anderen Gäste nicht aufmerksam wurden.

»Ich muss auf mein Zimmer, bitte …«, sagte Bill, beinahe mit letzter Kraft.

Der Ober half ihm, zum Fahrstuhl zu kommen. Anna stützte ihn auf einer Seite, der Ober auf der anderen. Als der Fahrstuhl kam, fragte der Ober, ob Anna Hilfe bräuchte.

»Es geht jetzt schon, danke. Ich schaffe das alleine.«

Im Zimmer angekommen, streifte Bill die Schuhe ab und legte sich sofort aufs Bett.

»Anna, kannst du mir bitte die Tabletten geben, die dort auf dem Tisch liegen? Mit einem großen Glas Wasser, bitte.«

Anna reichte ihm die Medikamentenpackung und das Wasser. Sie blieb wortlos an seinem Bett stehen, bis er die Pillen genommen hatte. Der Name auf der Packung sagte ihr nichts. Was waren das für Medikamente? Wie Aspirin sah es jedenfalls nicht aus.

»Willst du, dass ich dich alleine lasse?«, fragte sie Bill, der regungslos dalag, als warte er auf die Wirkung der Mittel.

»Nein, bleibe hier. Ich muss dir etwas sagen.«

Anna setzte sich an sein Bett. Allmählich wurde Bill ruhiger.

»Du bist krank, oder?«, Annas Stimme klang besorgt. Sie sah ihm an, dass es ihm wirklich schlecht ging.

»Ja, ich … ich habe Krebs. Lungenkrebs, um genau zu sein.«

»Du meine Güte, das ist ja fruchtbar! Wirst du operiert?«

»Die Ärzte sagen, dass es inoperabel ist. Aber diese Tabletten helfen mir normalerweise ganz gut.«

Anna schaute ihn ungläubig an.

»Aber ist das denn ganz sicher? Kann man da nicht vielleicht doch noch etwas machen? Was ist mit Chemotherapie?«

»Das bringt doch nichts. Davon wird mir erst recht schlecht und heilen kann man das nicht mehr, sagt mein Arzt.«

»Aber vielleicht kannst du noch zu einem anderen Arzt gehen. Es muss doch möglich sein, etwas dagegen zu tun. Es gibt doch auch immer wieder neue Methoden und Medikamente …«

»Das habe ich auch am Anfang gedacht, aber mittlerweile habe ich mich damit abgefunden. Es wird so sein, ich werde sterben.«

Tränen liefen Anna über die Wange. »Nein, bitte nicht …«, flüsterte sie mit erstickter Stimme.

»Du brauchst nicht zu weinen, Anna. Wir haben noch viele Monate Zeit, so schnell geht das alles nicht. Das ist nur ein Anfall, noch ist es nicht so weit.«

Er ergriff ihre Hand. Anna sagte nichts mehr, sie ließ ihren Tränen freien Lauf und fiel in sich zusammen. Plötzlich musste er auch weinen. Es war das erste Mal, dass er weinte, weil er sterben musste.

Kapitel 26

Anna blieb noch eine halbe Stunde bei ihm. Er versuchte, sie zu überreden, zurück ins Restaurant zu gehen, aber sie sagte, sie wolle auch lieber schlafen gehen. Der Ober im Restaurant habe ja ihre Zimmernummer und würde ihnen das Essen schon in Rechnung stellen. Sie verabschiedete sich von ihm mit einem Kuss auf die Stirn.
Bill fühlte sich wieder kräftig genug, um kurz aufzustehen, aber nur um sich auszuziehen und zu duschen. Danach legte er sich wieder ins Bett. Allmählich verließen der Schmerz und die Erschöpfung seinen Körper wieder.
Er dachte wieder daran, wie sein Leben verlaufen wäre, wenn Jo nicht gestorben wäre und sie Anna gemeinsam aufgezogen hätten. Sicher wäre er nie zum Auftragskiller geworden. Was würde Anna denken, wenn sie davon wüsste? Würde sie sich von ihm abwenden? Würde sie es verstehen? Konnte man das überhaupt verstehen? Warum hatte er das eigentlich getan? Und vor allem: Was hatte er damit angerichtet? Eine innere Nervosität erfasste ihn, als ihm klar wurde, dass es noch etwas zu klären gab, bevor er starb. Und da seine Kräfte schwanden, musste er das bald tun. Mit diesem Gedanken fiel er in einen langen erholsamen Schlaf.

Am nächsten Morgen fühlte er sich frisch und gestärkt. Auch die Schmerzen waren wie verflogen. Es war neun Uhr. Er konnte sich nicht erinnern, ob er sich mit Anna zum Frühstück verabredet hatte. Sie würden heute am frühen Nachmittag zurückfliegen. Es war also noch ausreichend Zeit.
Als er im Frühstücksraum ankam, war Anna schon da. Sie saß vor einer großen Tasse Kaffee und einem Croissant. Ihre Augen sahen verweint aus. Als sie ihn kommen sah, stand sie auf.
»Bill, geht es dir wieder besser?«
»Ja, alles bestens. Diese Krankheit ist nicht berechenbar. Mal geht es

mir blendend, dann denke ich wieder, das Ende ist nah. Jetzt jedenfalls geht es mir aber blendend.«
»Das freut mich!«, sagte Anna, wobei das gar nicht fröhlich klang.
»Ich hole mir erst mal etwas zu essen. Soll ich dir etwas mitbringen?«
»Nein danke, mir reicht das Croissant.«
Bill hatte einen Bärenhunger. So ging es ihm meistens, wenn er eine Schmerzkrise überstanden hatte. Er lud sich alle möglichen Leckereien vom Buffet auf seinen Teller und setzte sich wieder zu Anna.

»Es tut mir leid wegen gestern. Ich meine, dass du es so erfahren musstest mit meiner Krankheit. Ich hätte es dir lieber unter anderen Umständen erzählt.«
»Aber du hättest es mir gesagt?«
»Ja, natürlich. Ich wollte nur nicht gleich damit ankommen, wo wir uns doch gerade erst kennengelernt haben.«
»Ich bin jedenfalls froh, dass ich es jetzt weiß. Auch wenn ich es irgendwie noch gar nicht glauben kann …«
»Das geht mir auch noch ab und zu so. Immer wenn es mir gut geht, denke ich mir, dass die Ärzte sich vielleicht getäuscht haben. Aber dann kommt wieder so ein Anfall wie gestern, der mich auf den Boden der Tatsachen zurückbringt.«
Anna atmete einmal tief durch. Sie wusste nicht so recht, was sie jetzt sagen sollte.
»Weißt du, Bill, ich wünsche mir auf jeden Fall, dass wir die Zeit, die uns noch bleibt, nutzen, um uns besser kennenzulernen. Ich weiß noch immer viel zu wenig von dir. Von deinem Leben.«
»Das ist auch mein Wunsch. Ich würde auch gerne mehr über dich erfahren, darüber, wie du aufgewachsen bist und wie du als Kind ausgesehen hast. Du hast doch sicher Fotoalben bei dir zu Hause?«
Die Fotoalben von Anna waren erstmal sicheres Terrain. Vielleicht würde er ihr später sogar die Bilder zeigen, die sicher verstaut in seinem Kleiderschrank lagen.
»Ja, ich habe welche und ich würde sie dir liebend gerne zeigen. Kann

ich dich denn nächstes Wochenende wieder besuchen? Dann bringe ich die Alben mit!«
»Du kannst mich gerne sehr bald wieder besuchen, aber nächstes Wochenende ist nicht so gut. Ich werde ein paar Tage verreisen müssen.«
»Du willst verreisen?«, Anna war überrascht.
»Ja, es muss sein.«
»Du meinst beruflich?«
»Ja, gewissermaßen.«

Kapitel 27

Jason und Jack registrierten die Blicke, die das Ehepaar Shoemaker sich zuwarf. Wollten sie sich abstimmen? War das Angst in ihren Augen? Schwer zu sagen, aber in jedem Fall lag eine Spannung im Raum, die man fast körperlich spüren konnte.

»Wofür haben Sie das Bargeld denn wirklich gebraucht?«, fragte Jason, sobald sie auf der Couch im Wohnzimmer der Shoemakers Platz genommen hatten.

»Ich wollte meiner Frau ein Schmuckstück kaufen«, antwortete Samuel.

»In bar? Und warum haben Sie dafür nicht die Kreditkarte verwendet?«

»Ich wollte eben nicht, dass meine Frau die Abbuchung sieht. Es sollte eine Überraschung sein.«

»Interessant finde ich allerdings«, klinkte sich nun Jack ein, »dass Sie dem Schalterangestellten gesagt haben, dass Sie das Geld für einen Autokauf bräuchten, während Sie dann gar kein Auto gekauft haben. Stattdessen haben Sie sogar eines verkauft.« Jack legte eine Kopie der Anzeige auf den Wohnzimmertisch.

Trotz der Überlastung hatte das Team ganze Arbeit geleistet. Jason war stolz auf seine Truppe. Ein paar Sekunden herrschte Stille im Raum.

»Herr Kommissar«, Samuel wandte sich Jason zu, seine Stimme klang leicht aggressiv, »können Sie sich vorstellen, wie sich meine Frau jetzt fühlt? Sie hat vor wenigen Tagen erst erfahren, dass ein Mörder ihren früheren Ehemann getötet hat, und jetzt verdächtigen Sie uns? Das ist ja wohl unglaublich! Sie sollten lieber Ihre Arbeit machen und den Mörder finden.«

»Wir verdächtigen niemanden, Herr Shoemaker, wir führen nur unsere Ermittlungen durch. Hohe Bargeldabhebungen sind nun mal ungewöhnlich heutzutage. Sollten Sie wegen irgendetwas erpresst werden, dann wäre es gut, wenn Sie mit der Polizei zusammenarbeiten. Auch wenn es mit dem Verbrechen an Herrn Severing vielleicht gar nicht in Zusammenhang steht.«

»Wir werden nicht erpresst. Das ist doch lächerlich«, ergriff Grace nun das Wort. »Weswegen sollte man uns denn erpressen?«

»Dann sagen Sie mir die Wahrheit. Wozu haben Sie das Geld wirklich gebraucht?«, fragte Jason erneut. »Warum haben Sie, statt ein Auto zu kaufen, Ihres gegen Bargeld verkauft?«

»Wissen Sie, die Erklärung ist wirklich einfach«, sagte Samuel nun und lächelte etwas gequält. »Wir sind wohlhabende Leute. Wir geben nun mal hin und wieder mehr Geld aus, als ein Angestellter bei der Bank es für normal hält. Ich wollte ihm einfach nicht sagen, dass ich für Grace ein so teures Schmuckstück kaufen will. Nennen Sie das albern, wenn Sie wollen, aber so war es. Ich hatte ja keine Ahnung, dass die Polizei diese kleine Notlüge so aufblasen würde.«

»Und warum haben Sie dann Ihr Auto verkauft? Gegen Bargeld?«, hakte Jason noch mal nach.

»Das Auto haben wir verkauft, weil es meiner Frau nicht mehr gefiel. Wir werden dafür ein neues kaufen. Mehrere 10.000 Dollar im Monat auszugeben, ist für uns gar nichts Ungewöhnliches. Mir war nicht klar, dass man sich damit verdächtig machen kann.«

»Ich verstehe«, Jason nickte. »Dann können Sie mir das Schmuckstück, das Sie Ihrer Frau gekauft haben, sicher zeigen und mir sagen, wo Sie es gekauft haben. Wir überprüfen das dann.«

»Das geht jetzt aber wirklich zu weit! Glauben Sie uns etwa nicht?«, man konnte die Erregung in Samuels Stimme hören.

»Ob wir Ihnen glauben oder nicht, tut hier wirklich nichts zur Sache«, sagte Jack ruhig. »Unser Job ist es, Aussagen aufzunehmen und diese zu überprüfen. Vielleicht ist es mit dem Schmuck ja wie mit dem Auto. Anstatt welchen zu kaufen, haben Sie Ihren verkauft. So wie die beiden Perlenketten, die sie für 8.000 Dollar zum Schmuckhändler gebracht haben.« Jack legte das Beweismittel auf den Tisch. »Sind das Ihre Ketten, Frau Shoemaker?«

»Ja, das sind meine Ketten«, Grace bemühte sich, Haltung zu bewahren. »Aber was beweist das denn? Es ist alter Familienschmuck, den ich schon lange loswerden wollte.«

Die Unterhaltung drehte sich noch eine Weile im Kreis. Die Shoemakers weigerten sich kategorisch, das Schmuckstück zu zeigen, das Samuel angeblich gekauft hatte. Weiterhin versuchten beide, ihre Handlungsweise mit dem normalen Konsumverhalten reicher Leute zu erklären.

Jason und Jack waren frustriert. Vielleicht würden sie die beiden offiziell vorladen müssen, so kamen sie jedenfalls nicht weiter. Sie verabschiedeten sich mit dem ungutem Gefühl, dass sie den Shoemakers nun Gelegenheit gaben, ihre Geschichte besser abzusprechen und überzeugender wirken zu lassen.

»Weißt du, was ich so richtig bescheuert finde?«, fragte Jack, als beide wieder im Auto saßen.

»Ja, ich kann es mir denken: Dass wir denen nichts nachweisen können«, antwortete Jason.

»Genau. Das Ganze stinkt doch zum Himmel, aber wir brauchen Beweise! Und die zu beschaffen, wird schwierig sein.«

»Traust du diesem Samuel Shoemaker einen kaltblütigen Mord zu?«

»Ich glaube, in diesen Kreisen erledigt man das nicht selbst. Vielleicht haben sie einen Killer beauftragt.«

»Gut möglich, Jack. Aber der wird sie wohl kaum erpresst haben, oder?«

»Nein, wenn es wirklich eine Erpressung gab, dann muss jemand von dem Mord erfahren haben. Merkwürdig nur, dass er erst jetzt aufgetaucht ist. Warum nicht früher?«

»Vielleicht wurde ihm das mit dem Mord erst klar, als die Leiche gefunden wurde. Oder es war jemand, der schon immer davon wusste, aber erst jetzt Geldsorgen hat und dann auf die Idee mit der Erpressung kam.« Jason hielt einen Moment inne. »Vielleicht denken wir ja auch in die falsche Richtung, Jack. Diese ganzen Bargeldtransaktionen haben in Wahrheit vielleicht mit Geldwäsche zu tun. Vielleicht haben wir nur die Mechanismen noch nicht verstanden.«

»Das hätte immerhin den Vorteil, dass wir den Fall an die Kollegen von der Wirtschaftskriminalität abgeben könnten.«

»Ja, das wäre ein Vorteil. Wenn wir jetzt nämlich sein ganzes Umfeld durchleuchten müssen, können wir damit die ganze Abteilung über Wochen lahmlegen«, seufzte Jason.

Die beiden schwiegen den Rest der Fahrt. Erst als sie am Revier angekommen waren, sprach Jack wieder: »Vielleicht sollten wir einfach den ältesten Trick der Strafverfolgungsbehörden anwenden.«

»Ehrlich gesagt, habe ich daran auch schon gedacht. Marc wird uns allerdings die Hölle heißmachen. Wir können die Aussage dann nicht verwerten. Aber gesagt ist gesagt.«

»Wenn wir das machen wollen, sollten wir es bald angehen. Sobald die beiden mit ihrem Anwalt gesprochen haben, werden die ohnehin nichts mehr sagen.«

Kapitel 28

Pünktlich um neun Uhr klingelte es an der Praxistür. Erst in diesem Moment wurde Susan bewusst, dass sie Miranda heute Morgen noch gar nicht gesehen hatte. Auf dem Weg zur Tür schaute sie in das Büro der Kollegin. Es war leer.
»Guten Morgen. Wir haben einen Termin mit Frau Adams.« Ein älteres Paar stand vor ihr, Susan hatte die beiden noch nie gesehen.
»Würden Sie bitte kurz Platz nehmen«, Susan deutete auf das Sofa im Flur. »Ich bin gleich zurück.« Sie eilte in ihr Büro, schloss die Tür und rief Miranda an. Diese war sofort am Apparat.
»Miranda, Susan hier. Was ist los, warum bist du nicht ins Büro gekommen?«
»Es tut mir so leid, Susan, aber ich komme seit Stunden nicht von der Toilette weg. Mir ist so übel. Ich kann nicht kommen, vielleicht heute Nachmittag ...« Miranda sprach schnell und gepresst. Sie wollte das Gespräch so bald wie möglich wieder beenden.
»Deine Kunden sind hier, Miranda. Ein älteres Ehepaar.«
»Oh ja, Mist! Das sind die Peters. Ich ... Es tut mir leid, Susan. Du musst sie wieder wegschicken. Ich kann nicht ... Ich muss ...«
»Ist schon in Ordnung. Gute Besserung und hoffentlich bis später.« Aber Miranda hatte schon aufgelegt.

Die Peters waren zwar nicht gerade begeistert, reagierten dann aber halbwegs verständnisvoll, als Susan ihnen erklärte, dass ihre Kollegin ganz plötzlich krank geworden war.
»Können Sie uns dann nicht vielleicht weiterhelfen? Wissen Sie, bei uns geht es nicht um die Frage, ob wir uns trennen sollen oder nicht, denn wir sind bereits seit einiger Zeit getrennt. Die Frage ist, ob eine Scheidung Nachteile für uns hätte.«
»Nachteile? Sie meinen in finanzieller Hinsicht?«
»Ja, ich habe eine kleine Firma und meine Frau ist bei mir angestellt.

Ich zahle ihr ein Gehalt, aber würde sie bei einer Scheidung auch Anrecht auf einen Teil der Firma haben?«
»Also, ich bin da nicht …«
In dem Moment klingelte es erneut an der Tür.
»Sagen Sie, ist Ihre Assistentin denn auch krank?«, fragte Herr Peters nun etwas genervt.
Susan wusste, wer vor der Tür wartete. Es waren ihre eigenen Kunden, Elise und Henry Brown. Seit Monaten waren sie schon bei ihr in Therapie.
Sie befand sich nun wirklich in einer misslichen Situation, denn ein Aufeinandertreffen von Kunden in der Beratungspraxis war nicht gerade günstig. Zur Paartherapie ging man gerne unerkannt. Aber was blieb ihr jetzt noch übrig?
»Wissen Sie was, Herr Peters, ich werde Ihre Frage an meine Kollegin weiterleiten und verspreche Ihnen, dass sie sich bei Ihnen melden wird, sobald es ihr besser geht. Wäre das in Ordnung?« Damit öffnete sie die Tür, verabschiedete die Peters und begrüßte gleichzeitig Elise und Henry Brown. Beide schauten missmutig drein, als sie das andere Paar erblickten. Dann steuerten sie schnell und zielstrebig Susans Büro an, sie waren schon öfters hier und kannten sich aus. Susan fiel jetzt ein, dass sie sich auf diese Sitzung gar nicht vorbereitet hatte. Sie hätte gerne noch mal kurz nachgeschaut, was in der letzten Woche mit den beiden besprochen worden war. Aber jetzt war es dazu wohl zu spät.

Gegen Mittag saß Susan frustriert in ihrem Büro und kaute an dem mitgebrachten Sandwich. Miranda war noch immer nicht aufgetaucht. Die Sitzung mit den Browns war völlig schiefgegangen. Irgendetwas musste es geben, was Elise Brown beschäftigte, aber sie konnte nicht darüber sprechen. Auch ihr Mann war ratlos. Was stand wirklich hinter den Eheproblemen? Bei den meisten Paaren kamen schon in den ersten zwei, drei Stunden die Konfliktpunkte auf den Tisch. Hier aber tappte Susan nach so vielen Sitzungen noch immer im Dunkeln. Elise

Brown blieb stets gefühllos. Ihre Gestik und Mimik verriet nichts. Keinen Ärger, keine Wut, keine Zuneigung.

»Seien Sie mir nicht böse, Frau Smith, aber ich habe nicht den Eindruck, dass wir hier weiterkommen. Ich würde das Ganze hiermit gerne beenden. Sie können die nächsten Termine streichen«, hatte Herr Brown beim Hinausgehen gesagt.

»Wenn Sie es so möchten …«

Selbst hier blieb seine Frau teilnahmslos. Sie schaute Susan an, als wäre es ihr egal, ob sie weiterhin kämen oder nicht. Die Frage an Elise Brown, ob sie das auch so sehen würde, blieb Susan im Halse stecken. Sie ahnte, dass sie keine vernünftige Antwort erhalten würde.

Dies war einer der Tage, an dem irgendwie alles schiefzugehen schien. Heute Nachmittag würde Susan die Buchhaltung erledigen müssen und darauf freute sie sich auch nicht gerade. Alles wäre so viel einfacher, wenn sie eine Assistentin eingestellt hätten, wie sie und Miranda das eigentlich schon vor Wochen besprochen hatten. Jemand, der die Kunden begrüßt, ihnen Kaffee oder Tee anbietet, der das Telefon bedient, Termine vereinbart und ihnen auch bei der Buchhaltung hilft. Sie und Miranda könnten sich dann viel besser auf ihre eigentliche Arbeit konzentrieren. Aber als Susan von Mirandas Schwangerschaft erfahren hatte, war ihr das finanzielle Risiko auf einmal zu groß erschienen. Der heutige Tag hatte ihr ja auch in gewisser Weise Recht gegeben. Was, wenn Miranda schon während der Schwangerschaft wegen häufiger Übelkeit ausfiel? Wie würde es sein, wenn das Kind da war? Würde Viktor sie wirklich unterstützen, wie er es angekündigt hat, oder würde Miranda dann nur noch mit halber Kraft in der Praxis sein? Ihre Idee mit den Abendveranstaltungen zu rechtlichen Fragen war gut, aber würde sie das wirklich umsetzen können? Würden sie damit wirklich ausreichend Geld verdienen können?

Ein erneutes Klingeln an der Tür riss Susan aus ihren Gedanken. Wer konnte das sein? Sie hatte heute eigentlich keine Termine mehr. Zu

ihrer Überraschung stand ein Fleurop-Bote mit einem großen Strauß roter Rosen vor ihr.
»Ich habe hier eine Lieferung für Frau Smith.«
Fast zögerlich nahm Susan die Blumen in Empfang. War das vielleicht eine Verwechslung? Sie schaute auf die beigefügte Karte: »Es tut mir leid wegen neulich. Dein Jason.«
Susan war gerührt. Es war genau der richtige Moment für eine Aufmunterung. Sie roch an den Blüten. Ihr wurde wieder klar, dass sie nicht alleine auf der Welt war. Jason war für sie da.
Vielleicht konnte sie doch etwas mutiger sein, was die Beratungspraxis betraf. Sie würden das schon irgendwie schaffen. Sie holte eine Vase aus dem Schrank und stellte die Rosen auf den Besprechungstisch. Was sollte schon groß passieren, wenn sie eine Assistentin einstellten? Sie würden sich vielleicht etwas mehr einschränken müssen, aber dafür würde ihnen die Arbeit noch mehr Spaß machen. Und beide waren ja nicht alleine. Sie würde das nachher mit Miranda besprechen, sobald sie ins Büro kam.

Kapitel 29

Bill hatte gewusst, dass dies kein gutes Wohnviertel war. Aber was er hier sah, übertraf seine Befürchtungen bei Weitem. Im nahe gelegenen Park wäre er fast über ein paar Jugendliche gestolpert, die am Boden lagen und kaum mitbekamen, was um sie herum geschah. Ihre Körper waren ausgemergelt und dünn, so als ob harte Drogen ihre einzige Nahrung wären. Das Haus wirkte schon von außen erbärmlich. Die Klingelschilder waren eingetreten. Ganz unten konnte er den Namen »Malone« erkennen, aber der Klingelknopf war definitiv nicht mehr funktionsfähig. Ein Jugendlicher in Lederjacke rempelte ihn von hinten an, drängte sich an ihm vorbei und schloss die Haustür auf. Bill ging mit hinein. Er fand die Tür mit der Aufschrift »Luis und Lisa Malone« im ersten Kellergeschoß. Konnte man hier wirklich wohnen?

Bill war noch nie in dieser Straße gewesen, aber er war sich einigermaßen sicher, dass hier der Auftraggeber für den Mord im Drogenmilieu gewohnt hatte. Das Opfer war ein 34-jähriger Kolumbianer gewesen. Bill hatte auch über ihn Nachforschungen angestellt, aber es war unmöglich, etwas über seine Angehörigen herauszufinden. Vermutlich lebte die Familie in Kolumbien.

Damals, vor zwei Jahren, war ein Drogenkrieg zwischen einem kolumbianischen und einem heimischen Kartell entbrannt. Der Mord hatte einen Racheakt ausgelöst, im Zuge dessen auch Luis Malone, der als Chef des konkurrierenden Kartells galt, getötet wurde. Die Presse hatte wochenlang darüber berichtet und Bill hatte damals jede neue Nachricht verfolgt. Er war indirekt ein Teil dieses Drogenkriegs gewesen.

»Wer ist da?«, hörte er eine weibliche Stimme rufen, nachdem er an der Tür geklopft hatte. Einfach so die Tür zu öffnen, kam für Lisa Malone ganz offensichtlich nicht in Frage. Aber Bill war auf das Gespräch vorbereitet. Er wusste aus den Zeitungen, dass Luis Malone eine Frau und drei Kinder hatte.

»Ich bin vom Jugendamt. Ich möchte Ihnen einen Besuch abstatten und sehen, ob alles in Ordnung ist oder ob Sie Hilfe brauchen.«
Es dauerte ein paar Sekunden, dann hörte Bill ein leicht kratzendes Geräusch. Ob sie jetzt durch den Spion schaute?
Kurz darauf wurde die Tür tatsächlich geöffnet und vor ihm stand eine junge Frau. Die dunklen Haare sahen ungekämmt aus, die Schürze, die sie trug, hatte Tomatenflecken. Jedenfalls nahm er an, dass es sich um Tomatenflecken handelte. Im Arm hielt sie einen kleinen Jungen, der erbärmlich röchelte. Bill wollte die Wohnung lieber nicht betreten. Überall lag Müll herum.
»Was wollen Sie?«, ihr Ton klang nicht mal unfreundlich, nur sehr direkt, so als habe sie keine Zeit für Höflichkeit.
»Wie ich schon sagte, ich wollte nur sehen, ob alles in Ordnung ist. Ich störe Sie auch nicht lange.«
Die Frau schaute etwas spöttisch, ging dann aber einen Schritt zurück und ließ Bill eintreten. Zögernd ging er hinein. Wie verhielt sich jemand vom Jugendamt? Welche Fragen stellte er?
»Verstehen muss ich das jetzt nicht, oder? Erst meldet sich jahrelang niemand bei mir und dann kommen innerhalb von vier Wochen zwei von euch!« Die Frau ging mit ihrem röchelnden Sohn im Arm in Richtung Badezimmer. Sie sprach mit einem Akzent, den Bill nicht zuordnen konnte. Bill folgte ihr etwas unschlüssig.
Die Wohnung war winzig. Im Wohnzimmer saßen zwei kleinere Kinder, die mit abgelutschten Stofftieren spielten. Beide schauten ihn mit großen Augen an, als er vorbeiging. Im Badezimmer sah er einen großen Schimmelfleck an der Wand. Es gab hier kein Duschgel, keine Hautcreme, kein Parfüm und auch kein Haarshampoo. Lediglich Seife, Waschmittel und eine markenlose Fettcreme. Bill war klar, dass hier etwas herrschte, was er in seinem Leben noch nie aus der Nähe gesehen hatte, nämlich echte Armut.
Die Frau begann, die Wäsche aus der Tonne zu holen, ohne den Jungen abzusetzen. Dieser fing jetzt an, ganz erbärmlich zu husten.
»Was hat Ihr Sohn denn?«, fragte Bill vorsichtig.

Die Frau hielt inne und schaute ihn an. »Haben Sie denn keine Akten bei sich im Büro? Ich habe doch alles schon Ihrem Kollegen erzählt.«
»Es tut mir leid. Ich hatte leider nicht die Zeit. Bei uns ist im Moment die Hölle los und ich bin noch ganz neu …«
»Verstehe.«

In dem Moment fing eines der beiden anderen Kinder an zu schreien. Die Frau ging ins Wohnzimmer, legte den Jungen auf die Couch und nahm ihre kleine Tochter in den Arm, die sich offensichtlich den Kopf am Tischbein angestoßen hatte. Sobald sich das Kind wieder einigermaßen beruhigt hatte, schaute die Frau Bill an.
»Lucas hat Mukoviszidose. In diesem feuchten Loch wird das nicht besser. Ich brauche vor allem eine andere Sozialwohnung. Eine, die nicht schimmelt. Haben Sie die Flecken im Bad gesehen?«
»Ja, das habe ich.«
»In der Küche sieht es auch nicht besser aus. Diese Wohnung ist eine Zumutung. Ihr Kollege hat mir nicht viel Hoffnung gemacht. Er sagte, es gäbe eine lange Warteliste.«
Bill begann, sich unwohl zu fühlen in seiner Rolle. Auch wenn er nur den Mitarbeiter vom Jugendamt spielte.
»Darf ich Sie noch etwas anderes fragen, Frau Malone?«
»Ja, natürlich.«
»Lebt Ihr Mann noch hier?«
»Nein, er lebt gar nicht mehr. Er wurde von einem Drogenboss erschossen. Aber zumindest das sollten Sie beim Jugendamt doch wirklich wissen.«
»Ja, schon. Das habe ich auch so in den Akten gelesen. Ich war nur verwundert wegen des Türschilds.«
»Wissen Sie, in dieser Gegend hier, da will man nicht gleich am Türschild deutlich machen, dass man als Frau alleine lebt. Deswegen habe ich seinen Namen einfach dran gelassen.«
»Wann genau ist Ihr Mann noch mal gestorben? Also, erschossen worden, meine ich.« Bill tat so, als würde er in Unterlagen blättern.

»Zwei Jahre ist das her. Ich war gerade mit Emily schwanger. Aber machen Sie sich nicht zu viele Gedanken um meinen Mann. Er war einfach zur falschen Zeit am falschen Ort. Hier tummeln sich nun mal die Drogendealer. Ich kann das aber meinen Kindern nicht länger zumuten, verstehen Sie? Sobald die älter sind und alleine auf die Straße gehen, sind sie in Gefahr. Das Einzige, was ich brauche, ist eine neue Wohnung. Eine Wohnung, die nicht direkt im Drogenviertel ist und die nicht feucht ist. Das ist alles, was ich brauche. Mit allem anderen komme ich schon alleine zurecht. Wenn Sie mir dabei helfen könnten, wäre ich Ihnen wirklich dankbar.«

Die Frau sprach ganz ruhig, ohne jede Bitterkeit. Die kleinere der beiden Töchter klammerte sich an ihren Unterschenkel, die andere hatte sich unterdessen beruhigt und weinte nicht mehr. Der Sohn hatte wieder eine Hustenattacke. Bill fand es geradezu beschämend, wie geduldig sie ihm ihre Situation erklärte und wie sachlich sie ihren Wunsch nach einer neuen Wohnung vorbrachte. Ihm, einem vermeintlichen Mitarbeiter des Jugendamtes, das ihr wohl bisher noch gar nicht geholfen hatte. Sie hatte wohl keine Ahnung, dass ihr Mann den ersten Mord in Auftrag gegeben hatte. Bill hatte sich Drogendealer immer wohlhabend vorgestellt. Aber diese Lisa Malone hatte mit der Drogenwelt ihres verstorbenen Mannes ganz offensichtlich überhaupt nichts gemein. Womöglich wusste sie nicht einmal, dass er mit Drogen gehandelt hatte. Bill hätte gerne noch mehr Fragen gestellt, wollte sich aber nicht verdächtig machen. Er hatte auch genug gesehen.

Als er Anstalten machte zu gehen, stand das kleine Mädchen vor ihm, das vorhin geweint hatte. Sie sah zu ihm auf. »Kannst du nicht bleiben?«
»Lass den Mann, doch, Betty. Er ist vom Amt, er muss wieder ins Büro.«
Das Mädchen lief ihm bis zur Haustür nach. Auch Lisa folgte ihm ein

paar Schritte. Bill hätte gerne noch etwas gesagt, aber er wusste nicht so recht, was. Etwas wirklich Tröstliches fiel ihm nicht ein.
»Also, Frau Malone, ich gehe dann mal wieder. Ich werde sehen, was ich machen kann wegen der Wohnung.«
»Genau das hat Ihr Kollege auch gesagt.«

Kapitel 30

Der Gedanke an Lisa Malone ließ Bill nicht mehr los. Er fragte sich, ob es ihr heute besser ginge, wenn ihr Mann noch leben würde. Viel mehr aber belastete ihn die Frage, ob Luis Malone auch gestorben wäre, wenn er den Mord an dem Drogendealer nicht in Auftrag gegeben hätte. Was wäre, wenn Bill sich geweigert hätte, diesen Dealer zu töten? Dann hätte es sicher ein anderer getan, er war ja schließlich nicht der einzige Killer weit und breit. Wahrscheinlich hatte seine Tat mit dem Schicksal von Lisa Malone und ihren Kindern gar nichts zu tun. Aber dennoch fühlte sich Bill auf irgendeine Art und Weise mitverantwortlich für das, was geschehen war.

Bisher war Grace Shoemaker die Einzige gewesen, die er aus dem Umfeld der Leute kannte, mit denen er durch seinen Nebenjob zu tun hatte. Und Grace war für ihn immer eine Täterin gewesen, ganz sicher war sie kein Opfer. Bei Lisa lag die Sache aber ganz anders. Sie war in gewisser Weise ein Opfer seiner Tat, auch wenn ihm diese Zusammenhänge erst jetzt klar wurden.

Er hatte noch einen dritten Auftragsmord ausgeführt, über dessen Hintergründe er allerdings so gut wie nichts wusste. Hier hatte Bill ein echtes Problem, denn er kannte weder den Namen der Auftraggeber noch den des Opfers. Das war eigentlich auch der Normalfall. Der Auftragsmörderring war organisiert wie die Mafia. Oberstes Prinzip war, dass derjenige, der den Mord ausführte, weder den Auftraggeber noch das Opfer mit Namen kannte. Zahlungen der Auftraggeber liefen über mehrere Mittelsmänner, die jeweils einen Teil per Überweisung erhielten. Die Konten wurden anschließend wieder aufgelöst und am Ende landete die Summe, die der Killer erhalten sollte, auf einem Schweizer Nummernkonto. Jeder Einzelne kannte nur den Nächsten in der Kette, aber nie alle Mittelsmänner. So war es immer gewesen, in allen drei Fällen. Bei Timothy Severing und Luis Malone hatte die Presse allerdings diese anonymisierte Kette durchbrochen. Severing war ein bekannter Unternehmer, weshalb über seinen angeblichen Unglücksfall detailliert berichtet wurde. Bill hatte nach der Tat gründlich die Tageszeitungen studiert. Auch über das Schicksal der Firma und die trauernde Witwe wurde ausführlich geschrieben. Bill hatte sich einige Artikel sogar aufgehoben, obwohl das natürlich gegen die Regeln war. Auch der Drogenkrieg war ein gefundenes Fressen für die Presse. Es wurde erst wieder ruhig um das Thema, als eines der beiden Kartelle sich durchgesetzt hatte. Ob es das von Luis Malone war oder die Konkurrenz, wusste Bill nicht mehr.

Sein allererster Auftrag aber, den er vor fast 20 Jahren erfüllt hatte, war im Vergleich mit den anderen beiden geradezu unspektakulär. Das Opfer war ein Mann mittleren Alters und es sollte wie ein Unfall aussehen. Natürlich hatten die Zeitungen nichts darüber berichtet, da es sich nicht um eine prominente Persönlichkeit handelte. Bill wusste nur noch, an welchem Ort er den Auftrag ausgeführt hatte. Wie konnte er nun herausfinden, wer das Opfer war? Vielleicht könnte er die Kette der Mittelsmänner nachvollziehen? Aber er verwarf den Gedanken gleich wieder. Die Geheimhaltung war die Lebensversicherung dieser Mittelsmänner. Sie würden ihm niemals verraten, wer das nächste Glied in der Kette war. Und wenn doch, müsste er das gesamte Erpressungsgeld einsetzen, um sie zu bestechen. Es war auch gut möglich, dass einige von ihnen mittlerweile andere Jobs oder sogar andere Namen und Identitäten hatten. In diesem Milieu war es gut, wenn man in jeder Hinsicht flexibel war.
Wie konnte er nun herausfinden, was hinter diesem Auftragsmord steckte?

Der erste Kontakt war damals über King zustande gekommen. Nachdem Bill mit Jo nach Michigan gezogen war, hatte er eigentlich nicht vorgehabt, ihn je wiederzusehen. Aber nach dem Tod von Jo fühlte sich Bill innerlich völlig zerrüttet. Nicht nur traurig und verzweifelt, seine ganze Persönlichkeit schien sich in Einzelteile aufzulösen. Er spürte sogar so etwas wie Wut auf Jo, weil sie nicht mehr da war. Ein unendliches Gefühl von Ungerechtigkeit ergriff von ihm Besitz, weil der Tod so grausam und unerwartet zugeschlagen hatte. Hätte er den Fahrer des Wagens, der den Unfall verursacht hatte, in die Hände bekommen, hätte er ihn getötet. Da war er sich ganz sicher.

Kings Nachricht kam überraschend per E-Mail, ein paar Tage nach Jos Beerdigung.
»Bin in Detroit. Du auch? King.«
Bill war nicht klar, dass King überhaupt wusste, dass er in Michigan war. Normalerweise hätte er schlicht nicht geantwortet. Aber damals war er froh über diesen Kontakt mit der Vergangenheit. Über irgendeinen Kontakt.
»Wo bist du?«, schrieb er zurück, und als King ihm die Adresse eines Hotels in Detroit nannte, saß er praktisch schon im Auto.

King hatte sich in der Zwischenzeit verändert. Die Lederkluft war einer teuren Designerjacke gewichen. Er trug eine Goldkette um den Hals. Die Zähne waren ganz offensichtlich behandelt worden. Sie blitzten ihm hell und makellos entgegen.
»Komm mit, ich zeige dir was.« King führte Bill in die Tiefgarage des Hotels und saß wenig später hinter dem Lenkrad eines Jaguars.
»Bist du wahnsinnig? Hast du den geklaut?«, fragte Bill fassungslos.
»Unsinn, Billy. Das ist meiner. Ich habe jetzt einen lukrativen Auftragsjob. Todsicher, sage ich dir.«

Da war sie wieder, die Faszination von Stärke und Macht. Bill war mehr als beeindruckt. Er spürte, dass er sein könnte wie King, reich und mächtig. Der Herrscher über Leben und Tod. So nahm er damals seinen ersten Auftrag an. Anschließend hatte er King nie wieder gesehen. Nach der Tat hatte er ohne Erfolg versucht, ihn noch mal per E-Mail oder Telefon zu erreichen. King war verschwunden. Keine Chance also, ihn wiederzufinden.

Kapitel 31

Bill saß jetzt schon zum dritten Mal in dieser Woche beim Frisör. Dies war der letzte Versuch, denn mehr Frisöre gab es in diesem kleinen Städtchen nicht. Im ersten Salon hatte er sich die Haare schneiden lassen, im zweiten färben und das dritte Mal war jetzt eine echte Herausforderung. Was konnte man noch mit den Haaren anstellen? Bei Frauen mag ja sogar waschen und föhnen ausreichend sein, bei seinen wenigen und zudem jetzt auch noch sehr kurzen Haaren würde das aber ziemlich albern wirken. Er entschied sich dafür, nach einer neuen Haarfarbe zu fragen.

Die junge, freundliche Frisöse fuhr mit ihren Fingern fachmännisch durch seine Haare.
»Wie lange ist die Färbung denn her? Man sieht noch gar keine Ansätze.«
»Das ist nur ein paar Tage her, aber ich hatte mir die Farbe nicht so hell vorgestellt.«
»Also, eigentlich kann ich Ihnen das gar nicht empfehlen, jetzt schon wieder zu färben. Das wird die Struktur der Haare ziemlich angreifen. Besser wäre es, ein paar Wochen zu warten.«
»Ich würde es trotzdem lieber gleich machen. In den nächsten Wochen werde ich kaum Zeit haben für einen erneuten Frisörbesuch.«
»In diesem Falle würde ich Ihnen vorschlagen, dass wir mit der Haarwäsche auch eine Kur machen, sodass die Haare besser geschützt werden.«
»Das können Sie gerne machen.«
»Gut, dann kommen Sie bitte mit.« Mit diesen Worten führte die Frau Bill zum Waschbecken.

Er hatte den Eindruck, noch nie eine derart alberne Unterhaltung geführt zu haben. Wenn die Frisöse das auch so sah, hatte sie es sich jedenfalls nicht anmerken lassen. Eine ältere Dame jedoch, die unter der Trockenhaube saß wie unter einem zu groß geratenen Hut, schaute ungeniert und mit tadelndem Blick zu Bill hinüber. Zumindest kam es ihm so vor, auch wenn er ihren Gesichtsausdruck gar nicht richtig erkennen konnte.

Natürlich war es ihm völlig egal, welche Haarfarbe er hatte. Er konnte sich auch nicht vorstellen, dass es Männer gab, die das wichtig fanden. Er hatte immer braune Haare gehabt und irgendwann waren einige graue dazugekommen. Als er sich die Farbpalette ansah, die er von der Frisörin nach der Haarwäsche präsentiert bekam, wurde ihm klar, dass es die Farbe Braun gar nicht gab. Bei Kastanie und Herbstgold fühlte er sich etwas verloren, daher hörte er auf den Rat der Frisöse, die Kaffee empfahl. Diese Farbe sei zwei Schattierungen dunkler als seine jetzige. Die Dame unter der Trockenhaube schaute erneut zu ihm hinüber. Als die Frisöse begann, die Farbe anzurühren, konnte er endlich zum eigentlichen Thema seines Besuches kommen.

»Wissen Sie, wo ich hier ein nettes Hotel finden kann, das nicht zu teuer ist?«

»Es gibt hier ein Motel am Ortsausgang, neben der Kapelle. Also, wenn Ihre Ansprüche nicht zu hoch sind, ist das eine günstige Adresse. Das Frühstück ist auf jeden Fall gut, die Zimmer sollen auch in Ordnung sein. Ich war natürlich noch nicht drin, aber hier im Laden bekommt man ja so einiges mit.«

»Ja, danke. Dann frage ich da mal nach.«

»Sind Sie denn beruflich oder privat hier?«

»Beruflich. Ich bin Journalist und arbeite an einem Beitrag zur Klippe am Hang. Das ist einer der häufigsten Unfallorte im ganzen Bundesstaat, wussten Sie das?«

»Die Klippe am Hang? Ernsthaft? Das habe ich noch nie gehört.«

»Haben Sie denn nie gehört, dass dort bereits Menschen gestorben sind?«

»Nein, das ist mir neu. Gab es solche Fälle in letzter Zeit? Ich wohne hier nämlich erst seit drei Jahren.«

»Die Fälle, von denen ich gehört habe, sind auch alle schon etwas länger her. Aber ich bin hier, um das zu recherchieren. Bislang habe ich noch kein klares Bild, vielleicht gibt es noch weitere Fälle. Zuallererst werde ich versuchen, die Angehörigen zu finden.«
»Da ist mal einer gestorben, das ist aber wirklich schon ewig her«, mischte sich nun die Frau unter der Trockenhaube ein. Sie sprach sehr laut, so als müsse sie das Rauschen der Haube übertreffen. Bill drehte sich zu ihr um.
»Kannten Sie ihn?«
»Ja. Ich kenne jeden hier. Cooper war sein Name. Aber warum sollte das jemanden interessieren? Ein Unfall, der schon ewig her ist? Außerdem war er betrunken, da kann man schon mal von der Klippe fallen.«
»Ich recherchiere ja mehrere solcher Fälle. Vielleicht gibt es da ja Sicherheitsmaßnahmen, die man hätte ergreifen können.«
»Ach was, das interessiert doch keinen Menschen. Den Artikel brauchen Sie gar nicht erst zu schreiben«, die Frau erweckte den Eindruck, als wolle sie sich wieder ihrer Zeitschrift zuwenden.
»Trotzdem, ich wäre Ihnen dankbar, wenn Sie mir Näheres zur Familie des Toten sagen könnten. Vielleicht könnte ich mal mit seiner Frau sprechen. Lebt die denn noch hier?«
»Die Hedi. Ja, die lebt hier immer noch. Allzu lange getrauert hat sie damals nicht.«

Kapitel 32

Etwa eine Meile hinter dem Ortsausgang führte ein verwittertes Schild zur Cooper Farm. Bill zögerte, bevor er mit seinem Ford auf den Feldweg fuhr. Da er nicht wusste, wie weit es bis zur Farm war, wollte er aber nicht zu Fuß gehen.
Das war die richtige Entscheidung gewesen, wie er nach mehreren Minuten feststellte. Der Weg führte immer weiter in einen dichten Wald hinein. Die Sträucher, die über den Weg ragten, machten deutlich, dass hier nicht allzu häufig Autos fuhren. Endlich sah er ein völlig heruntergekommenes, aber sehr großes Holzhaus. Ein schmutziger, bellender Hund lief seinem Auto entgegen. Vor der Haustür pickten zwei Hühner etwas vom Boden auf. Es hatte offensichtlich mal Stallungen auf diesem Hof gegeben, die jetzt leer standen. Obwohl es erst Frühling war, fühlte sich die Luft sommerlich schwül an.
»Cooper Farm« stand auf dem Klingelschild. Die Haustür war offen, davor war ein versifftes Fliegengitter angebracht. Bill war unsicher. War das wirklich der richtige Fall oder waren noch andere an der Klippe verunglückt? Bill würde es nur durch ein Gespräch mit Frau Cooper herausfinden können. Vielleicht würde sie sich durch irgendeine Bemerkung verraten? Oder sie würde ihm das genaue Datum des Unglücks sagen können. Wie aber konnte er ihr Vertrauen gewinnen? Es war ihm klar, dass die Geschichte mit dem Journalisten, die er im Frisörsalon erzählt hatte, nicht unbedingt überzeugend war. Aber ihm war auch nach intensivem Nachdenken nichts Besseres eingefallen. Gerne hätte er sich als alter Klassenkamerad von Herrn Cooper ausgegeben, aber er wusste ja nicht mal, wo er zur Schule gegangen war. Er musste irgendwie mit ihr ins Gespräch kommen und so viel wie möglich erfahren. Obwohl die Tür offen stand, wollte er nicht einfach so hineingehen. Vor allem wollte er das schmutzige

Fliegengitter nicht anfassen. Er war nervös, als er auf den Klingelknopf drückte.

»Hallo Frau Cooper?«, rief er in den offenen Türspalt.
Wenig später hörte er schlurfende Schritte im Haus. Die Tür öffnete sich jetzt ganz. Im Flur war es dunkel. Bill konnte die etwas plump wirkende Frau mittleren Alters, die eine Küchenschürze trug, nur mit Mühe erkennen.
»Ja, bitte?«, fragte sie.
»Sind Sie Frau Cooper?«
»Ja, warum? Wollen Sie etwas verkaufen? Ich brauche nichts.«
»Nein, ich möchte Ihnen nichts verkaufen. Entschuldigen Sie, dass ich Sie so überfalle. Mein Name ist Bill White. Ich bin Journalist bei den Morgennachrichten und schreibe an einem Beitrag über Unglücksfälle.«
Die Frau schaute nur flüchtig auf den Ausweis, den Bill kurz hochhielt. Es war der Mitgliedsaufweis für seinen Fitnessclub.
»Unglücksfälle?«
»Ja, darüber, wie Familien damit zurechtkommen, dass ein Angehöriger überraschend bei einem Unfall gestorben ist. Ich habe im Archiv Informationen zum Unfall Ihres Mannes gefunden. Er ist doch an der Klippe am Fluss verunglückt, oder?«
»Ja, aber das geht niemanden etwas an.«
Die Frau sah ihn an, als hätte er sich als Satan persönlich vorgestellt.
»Ich würde Sie in dem Artikel auch nicht namentlich nennen. Alles würde anonym bleiben. Ich würde Ihnen einfach nur gerne ein paar Fragen stellen, dann sind Sie mich auch gleich wieder los.«
»Ich weiß nicht. Das ist alles jetzt schon so lange her …«
»Wie lange denn genau?«
Die Frau sah ihn an. Sie schien innerlich mit sich zu kämpfen, wie sie auf den Eindringling reagieren sollte.
»Ich meine, wir suchen durchaus nach Fällen, die schon viele Jahre her sind.«

Bill spürte, dass die Frau zögerte. Aber dann trat sie zur Seite und ließ ihn herein.

»Also kommen Sie schon. Wir müssen das ja nicht auf der Straße klären.«

Mit spitzen Fingern griff Bill nach dem Fliegengitter und öffnete es gerade so weit, dass er hindurchgehen konnte. Frau Cooper führte Bill in das kleine, sehr eng möblierte Wohnzimmer, in dem der Fernseher lief. Das Zimmer roch muffig, so als wäre es schon lange nicht mehr gelüftet worden. Bill ging auf das mit Vorhängen verdunkelte Fenster zu. Er hatte den Impuls, das Fenster zu öffnen, ließ es dann aber doch sein. Vielleicht wäre es der Frau nicht recht.

»Ich habe noch etwas Kaffee von heute Morgen auf der Herdplatte stehen. Kann ich Ihnen eine Tasse anbieten?«

»Nein, vielen Dank. Ein Glas Wasser vielleicht?«

»Ja, natürlich. Einen Moment, ich bin gleich wieder da.«

Bill nutzte die Zeit, um sich im Wohnzimmer umzusehen. Alles strahlte eine kleinbürgerliche Normalität aus, die er beim besten Willen nicht mit einem Auftragsmord in Zusammenhang bringen konnte. Es war drei Uhr am Nachmittag. Der Fernseher lief noch immer. Irgendein alter Film mit Julia Roberts. Bill hätte ihn gerne abgeschaltet. In dem Moment kam Hedi Cooper mit einem Glas Wasser zurück aus der Küche. Sie trug noch immer ihre Schürze.

»Vielen Dank!« Bill nahm sein Notizbuch aus der Tasche. »Entschuldigen Sie, Frau Cooper, wäre es vielleicht möglich, den Fernseher auszuschalten?«

»Ja, natürlich«, damit griff sie zur Fernbedienung und stellte den Ton leiser. Bill nahm einen Schluck Wasser. Er spürte sein Herz klopfen, als er die nächste Frage stellte.

»Wann genau ist Ihr Mann verunglückt, Frau Cooper?«

»Das war am 28. September 1997.«

Es traf Bill wie ein Schlag. Das Datum seiner ersten Tat. Auch er würde diesen Tag niemals vergessen.

»Das muss ein großer Schock für Sie gewesen sein.«
»Ja, das war es. Ich konnte es zuerst gar nicht glauben«, ihre Stimme allerdings klang emotionslos.
»War es denn sofort klar, dass es ein Unfall war, oder wurde auch im Hinblick auf eine mögliche Straftat ermittelt?«
Der leicht panische Blick von Hedi Cooper sagte mehr als tausend Worte. Bill war in diesem Moment klar, dass sie etwas mit dem Mord zu tun haben musste. Warum hatte die Polizei das damals nicht bemerkt? Hatten die ihr denn nicht in die Augen geschaut?
»Nein, es war sofort klar, dass es sich um einen Unfall handelte. Mein Mann war alkoholisiert.«
»Verstehe«, Bill räusperte sich. »Sind Sie seit dem Tod Ihres Mannes alleine geblieben?«
»Warum fragen Sie das?«
»Es geht uns um die Frage, wie die Ehepartner mit dem Verlust zurechtkommen. Wir werden aber im Artikel nur den prozentualen Anteil derjenigen nennen, die wieder eine Beziehung eingegangen sind. Sie werden also, wie schon gesagt, nicht namentlich erwähnt. Da sie immer noch den Namen Cooper tragen, gehe ich nicht davon aus, dass Sie wieder geheiratet haben.«
»Doch, ich war ein zweites Mal verheiratet, habe aber den Namen meines ersten Mannes behalten wegen der Farm. Aber die Ehe hat nicht gehalten. Wir haben uns zwei Jahre später getrennt.«
»Das tut mir leid. Es ist sicher schwierig, nach so einem Verlust wieder Vertrauen zum Leben zu fassen und eine neue Beziehung einzugehen …«
»Das war es nicht. Max hat mich verlassen. Unsere Ehe war ein Irrtum. Ich dachte, er wäre meine große Liebe. Für mich war es, als wären wir füreinander geschaffen, aber es war eben nur ein Irrtum.«
Bill sah, dass die Augen der Frau feucht wurden. Hierin lag offensichtlich die große Verletzung ihres Lebens. Gleichzeitig war er überrascht, dass die Frau sich einem Fremden gegenüber so öffnete und ihre Gefühle zeigte.

»Sie sind also jetzt geschieden?«
»Nein, wir haben uns nicht scheiden lassen. Das wäre für uns niemals in Frage gekommen.«
»Ich will nicht indiskret sein, Frau Cooper. Aber darf ich fragen, warum?«
»Wir sind Mormonen. Für uns sind Ehe und Familie das Allerwichtigste. Meine Eltern hätten einer Scheidung niemals zugestimmt.«
»Und Ihr erster Mann war auch Mormone?«
»Ja, natürlich. Wir sind eine enge Gemeinschaft, wissen Sie.«
Bill hatte nur eine vage Vorstellung davon, was Mormonen waren. Er glaubte, dass bei den Mormonen Alkohol verboten war und die Männer mehrere Frauen haben konnten. Ganz sicher war er sich aber nicht. Er stellte noch ein paar belanglose Fragen. Hedi Cooper schien auf einmal unendlich viel Zeit für ihn zu haben. Sie erzählte ihm ihr ganzes Leben, so als wäre sie froh, dass ihr mal jemand zuhörte. Als er sich verabschiedete, war sie fast enttäuscht. Er sicherte ihr noch zu, dass sie den Artikel vor Veröffentlichung noch zugeschickt bekommen würde, und konnte dann endlich die Wohnung verlassen.

Wieder auf der Straße wurde er von der Helligkeit geblendet. Jetzt wurde ihm erst so richtig deutlich, wie dunkel es in der Wohnung gewesen war. Er war von dem Gespräch mit Hedi Cooper sehr verwirrt. Warum hatte diese Frau ihren Mann umbringen lassen? War es wirklich nur, weil sie sich in einen anderen Mann verliebt hatte und eine Scheidung undenkbar war? Konnte Religion so etwas Unmoralisches bewirken? Materielle Gründe wie bei den Shoemakers schienen jedenfalls keine Rolle gespielt zu haben. Dieser Mord kam ihm völlig sinnlos vor.
Aber war er denn sinnloser als die anderen Morde, die er begangen hatte? Gab es gute und schlechte Morde? Bill wusste, dass er die Aufträge niemals hätte erfüllen können, wenn er die Menschen gekannt hätte. Als Auftragskiller hatte er von der Anonymität gelebt. Sowohl

die Opfer wie auch die Täter hatten kein Gesicht gehabt. Jetzt aber kannte er Gesichter und Geschichten.
War es richtig gewesen, diese Menschen überhaupt aufzusuchen? Er konnte ja nicht rückgängig machen, was geschehen war.

Kapitel 33

Das gesamte Ermittlerteam saß am Nachmittag im Besprechungsraum und trug die bisherigen Erkenntnisse im Fall Timothy Severing zusammen. Carl löffelte chinesische Nudeln aus einem Pappbecher und Jack hatte sich in der Kantine ein Sandwich geholt. Kaum jemand aus dem Team war noch in der Lage, vernünftige Mittagspausen einzuhalten. Jason war sich der Überlastung seiner Mitarbeiter schmerzlich bewusst. Er hoffte inständig, dass dieser Fall bald abgeschlossen werden konnte. Dennoch war es ihm wichtig, dass keine Information verloren ging, keine noch so unbedeutend scheinende Beobachtung unausgesprochen blieb. Das war der Grund, warum er das Team erneut zusammengerufen hatte. Ihm war nicht wohl, wenn er daran dachte, was er und Jack heute Nachmittag, direkt im Anschluss an diese Besprechung, vorhatten. Er musste zuerst sicher sein, dass es die einzige Möglichkeit war, die ihnen noch blieb.

Carl fasste die Ergebnisse der Befragungen zusammen, die in den letzten Tagen stattgefunden hatten. Wesentliche neue Erkenntnisse hatten sich daraus allerdings nicht ergeben.
»Man kann also mit Bestimmtheit sagen, dass Tim Severing nicht beliebt war. Er galt als aufbrausend und ungerecht den Mitarbeitern gegenüber. Einige sprachen auch von Alkoholproblemen, die er gehabt haben soll«, berichtete Carl.
»Dennoch unwahrscheinlich, dass jemand aus der Firma ihn um die Ecke gebracht haben soll, oder?«, warf Jack ein. »Ich meine, wenn man alle ungerechten Chefs töten würde, dann hätten wir hier noch deutlich mehr zu tun.«
»Das sehe ich auch so«, fuhr Carl fort. »Die einzige Person, die definitiv von seinem Tod profitiert hat, war seine Ehefrau. Und ihr neuer Mann natürlich.«
»Gerade, wenn Tim Severing aggressiv und häufig betrunken war,

scheint auch eine Beziehungstat wahrscheinlich zu sein«, warf die Polizeipsychologin Kristin Spencer ein.
Egal, wie lange sie die Fakten noch drehten und wendeten, es blieb dabei, dass Grace Shoemaker ihre Hauptverdächtige war.

Jason und Jack saßen wenige Minuten nach Ende der Besprechung im Wohnzimmer der Shoemakers.
»Es stört Sie sicher nicht, wenn wir unser Gespräch aufzeichnen«, begann Jason.
»Habe ich denn eine Wahl?«, Grace wirkte müde und abgeschlagen. Die beiden Polizisten hatten für die Befragung bewusst eine Tageszeit gewählt, zu der ihr Mann sehr wahrscheinlich noch bei der Arbeit war. Sie wollten sie heute alleine antreffen. Ohne ihre Frage zu beantworten, schaltete Jason das Aufnahmegerät ein.
»Frau Shoemaker, wir müssen Ihnen mitteilen, dass der Mörder ihres früheren Ehemannes ein vollumfassendes Geständnis abgelegt hat. Er sagt, Sie haben den Mord in Auftrag gegeben.«
Die beiden Männer beobachteten Grace Shoemaker sehr aufmerksam und sahen, wie sie in diesem Moment förmlich zusammenbrach.
»Warum nur hat er das getan? Dann war doch alles umsonst!« Sie stützte ihren Kopf auf beide Hände, so als wäre sein Gewicht zu schwer geworden.
»Was meinen Sie, Frau Shoemaker? Was war umsonst?«
»Na, die Erpressung. Jetzt wird er seine letzten Monate im Knast und nicht in Saus und Braus verbringen, wie er sich das vorgestellt hat.«
»Es ist jetzt ganz wichtig, dass Sie uns im Detail berichten, wie er sie erpresst hat, Frau Shoemaker. Sie sollten uns jetzt alles sagen. Sowohl über den Mord als auch über die Erpressung.«
»Es war kein Mord, glauben Sie mir. Es war Notwehr. Mein Mann hat mich geschlagen und vergewaltigt. Er war ein Monster. Ich wusste mir nicht anders zu helfen. Wirklich, sie müssen mir glauben.«
Grace Shoemaker erzählte ihre Geschichte und die beiden Polizisten hörten zu, ohne sie ein einziges Mal zu unterbrechen. Fast war es

ihnen unangenehm, dass dieser einfache Trick bei ihr so gut funktioniert hatte. Beide aber kannten das Phänomen, das sie jetzt bei Grace Shoemaker beobachten konnten, aus ihrer langen Berufslaufbahn. Sie wirkte fast erleichtert, dass sie sich nun alles von der Seele reden konnte. Das Lügen hatte ein Ende. Nachdem sie alles erzählt hatte, nahmen die beiden Männer sie fest. Als sie ihr die Rechte vorlasen, fing Grace Shoemaker an zu weinen, ließ sich dann aber ohne Widerstand in den Polizeiwagen bringen, der vor ihrer Haustür bereitstand.

»Das war ja eine echte Überraschung«, sagte Jack zu seinem Chef, sobald der Polizeiwagen weggefahren war.
»Das kann man wohl sagen. Ich hätte nicht gedacht, dass es so leicht sein würde. Aber Frau Shoemaker brannte ja geradezu darauf, uns endlich die Wahrheit zu sagen.«
»Meinst du, das war die ganze Wahrheit?«
»Da bin ich mir nicht sicher, vor allem was die Rolle von Samuel Shoemaker angeht.«
Grace hatte ausgesagt, dass Samuel nichts von dem Mord an ihrem früheren Ehemann gewusst hätte. Die Erpressung hatte sie ihnen mit einer früheren Affäre Timothys erklärt, dessen Ansehen sie schützen wollte. Vermutlich war das der letzte Rest des Lügengebäudes, das Grace aufgebaut hatte. Sehr überzeugend war es den Polizisten jedenfalls nicht erschienen.

Beide wussten, dass Grace ihr Geständnis wahrscheinlich widerrufen würde, sobald sie mit ihrem Anwalt gesprochen hatte. Da es unter falschen Voraussetzungen abgegeben worden war, würde der Anwalt argumentieren, dass es nicht vor Gericht verwendet werden konnte. Dennoch würden die Geschworenen sich ihren Teil denken, wenn es zur Verhandlung kam. Die Polizisten mussten jedoch vorher jedes Puzzlestück zusammenfügen, damit sie nachweisen konnten, wie Timothy Severing tatsächlich gestorben war. Grace hatte dafür wichtige Hinweise gegeben. Möglicherweise war der Auftragskiller todkrank

und hatte daher nichts mehr zu verlieren. Jedenfalls sehr viel weniger als die Shoemakers. Vermutlich war er in ärztlicher Behandlung. Man würde ihn durch eine Abfrage bei den Ärzten von Lansing vielleicht aufspüren. Zumindest dann, wenn er hier in diesem Ort wohnte.
Als Nächstes würden Jason und Jack Samuel Shoemaker verhören. Sie würden ihm sagen, dass seine Frau ein Geständnis abgelegt hätte, und das war ja nicht einmal gelogen. Er hatte laut der Aussage von Grace die Übergabe des Lösegelds übernommen. Vielleicht konnte er den Erpresser beschreiben.

All das war Jason und Jack klar, ohne dass es notwendig gewesen wäre, diese Dinge auszusprechen. Die beiden Polizisten fuhren wortlos zurück zum Revier. Bei der heutigen Pressekonferenz würden sie nun wirklich etwas zu berichten haben.

Kapitel 34

Bill war froh, wieder zu Hause zu sein. Er brauchte Zeit, um über das Gespräch mit Hedi Cooper nachzudenken. Er zog sich seine Jacke an und ging zum Markt. Früher war er immer mit dem Auto gefahren, aber heute wollte er die frische Luft genießen. Der Urlaub, den er genommen hatte, war vorbei und er musste am Montag wieder zur Arbeit gehen. Diesen Samstag aber, den hatte er reserviert für einen besonderen Gast. Auf dem Markt kaufte er alle Lebensmittel ein, die er ansprechend fand. Passend zum frühlingshaften Wetter gab es den ersten grünen Spargel, den er ebenso kaufte wie frischen Spinat und eine Ananas. Es war ihm egal, ob das alles zusammenpasste, er war sich sicher, dass er ein leckeres Menü kochen würde. Mit den richtigen Zutaten und etwas Experimentierfreue war ihm das früher schließlich auch immer gelungen!

Bill war noch dabei, der Spinatsoße mit etwas Sahne den letzten Schliff zu verleihen, als Anna klingelte. Er ging in Küchenschürze zur Tür, um ihr zu öffnen.
»Das riecht ja lecker!«, rief Anna und begrüßte Bill mit einer Umarmung. Wie vereinbart, hatte sie eine Tasche mit Fotoalben dabei. Nach dem Essen würden sie sich die Fotos aus Annas Kindheit anschauen. Bill freute sich darauf, empfand aber gleichzeitig eine gewisse Nervosität bei dem Gedanken. Diese Bilder würden ihn wieder in die Vergangenheit führen. Aber letztlich war der Wunsch, mehr über seine Tochter zu erfahren, stärker als alle Befürchtungen.

Wenig später saßen sich Vater und Tochter am Esstisch gegenüber. Anna war von den Kochkünsten ihres Vaters begeistert.
»Und das hast du wirklich ganz ohne Rezept gekocht?«, fragte sie nun schon zum zweiten Mal.

»Ja, ich koche immer ohne Rezept. Aber ich finde auch, dass es mir heute besonders gut gelungen ist. Manchmal liege ich allerdings daneben mit meinen Zutaten.«
Bill hatte den Spargel gekocht und anschließen mit einer Soße aus frischem Spinat, etwas Parmesan und Sahne im Ofen schmoren lassen. Dazu gab es scharfes, gebratenes Hackfleisch mit Pinienkernen sowie Pellkartoffeln. Alles zusammen ergab eine interessante und durchaus wohlschmeckende Mischung.
»Hast du früher auch immer gekocht? Als du mit Jo verheiratet warst, meine ich.«
»Ja, wenn Jo gekocht hat, gab es immer nur Bohnen mit Reis oder Milchreis. Das waren die einzigen zwei Gerichte, die sie kochen konnte. Ich habe zuerst nur gekocht, um sie zu entlasten, da ich ja gemerkt habe, dass ihr das Kochen keinen Spaß macht. Ziemlich schnell habe ich dann festgestellt, dass es nicht nur eine entspannende, sondern auch eine kreative Tätigkeit ist. So ist Kochen zu meinem Hobby geworden. Am Ende habe ich Jo kaum noch in die Küche gelassen. Ich wollte sie mit immer neuen Kreationen überraschen.«
»Und das ist dir bestimmt auch stets gelungen!«
Bill dachte an die vielen Abende, an denen er und Jo bei Kerzenschein zusammengegessen hatten. Anschließend hatten sie meist gemeinsam abgespült. Ihr Umgang war so zwanglos und fröhlich gewesen. So ganz anders, als er das von zu Hause kannte. Seiner Erinnerung nach war es dort immer seine Mutter gewesen, die mehr oder weniger lustlos und alleine in der Küche stand und für die ganze Familie kochte. Weder sein Vater noch Erin hatten jemals einen Finger für sie krumm gemacht. Bei seinem Vater waren es die Rückenschmerzen und bei Erin … Na ja, Erin hatte einen Schicksalsschlag erfahren. Niemand hatte es am Anfang gewagt, sie zu fragen, ob sie nicht wenigstens mal einkaufen könnte. Aber er verdrängte den Gedanken an Erin ganz schnell wieder. Nichts sollte seinen Abend mit Anna verderben. Auch nicht die verhasste Tante, die seine Familie zerstört hatte.

Zum Nachtisch gab es Ananas mit Sekt und Zitroneneis. Fast hätte Bill wieder eine Flasche Champagner gekauft, sich dann aber doch für den billigeren Sekt entschieden. Auch wenn er jetzt das Geld dazu hatte, musste er ja nicht verschwenderisch werden.
»Möchtest du noch von dem Nachtisch? Es ist noch etwas in der Küche.«
»Nein, vielen Dank. Ich bin total satt. Es war wirklich sehr lecker!«
»Wollen wir uns jetzt die Fotos anschauen?«
»Ja, ich ...«, Anna zögerte.
»Was ist?«
»Ich wollte dir noch etwas sagen.«
»Was denn?«
»Also ich weiß nicht so richtig, wie ich es ausdrücken soll. Aber ich weiß ja jetzt, dass du sehr krank bist, und ich wollte dir nur sagen, dass ich für dich da sein werde, wenn du mich brauchst. Ich meine, ich hoffe natürlich, dass die Ärzte dich doch noch heilen können, aber wenn nicht, dann bin ich für dich da.«
Bill nahm ihre Hand. »Ich danke dir, Anna. Du bist ein gutes Kind.«
»Kein Kind mehr«, Anna lächelte jetzt wieder etwas, »ich bin volljährig, schon vergessen?«
»Nein, wie könnte ich das vergessen. Es ist nur einfach erschreckend, wie schnell die Kinder erwachsen werden. Gerade noch warst du ein Baby und jetzt ...«
Beide lachten, aber es war ein kurzes, fast trauriges Lachen.

Kapitel 35

Als er durch das Werkstor fuhr, roch er bereits das frisch geschlagene Holz. Im Hof lagen die neuen Paletten, die gerade erst geliefert worden waren. Er mochte den Geruch von Holz. In den letzten Tagen hatte er öfters daran gedacht, wie er als Kind schon bei der Schreinerei am Ort ausgeholfen hatte.
Nach der Schule war er immer zum Meister Joseph gefahren, wo er seine Nachmittage verbracht hatte. Die Männer störten sich nicht an ihm und er war froh, wenn sie ihn fragten, ob er mal den Hof kehren oder die Palette rüberfahren könne. Er gehörte nach und nach zum Inventar. Meister Joseph erklärte ihm, wie alles funktionierte, und gab ihm am Abend häufig etwas zu essen mit. Bill wäre nie darauf gekommen, dass das, was er in der Schreinerei tat, etwas mit Arbeit zu tun hatte. Er war ja gerade mal zwölf, als er anfing, dort auszuhelfen. Erst im Laufe der Zeit begann er, ganz ernsthaft Arbeiten zu übernehmen, und wurde von Meister Joseph dafür bezahlt. Als er dann zu den Devils kam, war er seltener in der Schreinerei. Meister Joseph beschwerte sich nicht, denn er hatte ja nie einen Arbeitsvertrag gehabt. Aber wenn er kam und arbeitete, dann gab er ihm auch immer Geld.

Bei dem Gedanken an Meister Joseph und die kleine Schreinerei, in der er einen Teil seiner Kindheit verbracht hatte, war Bill klar geworden, dass er sich mit seinem Beruf glücklich schätzen konnte. Das Bearbeiten und Formen von Holz hatte ihm immer Spaß gemacht. Holz war sein liebstes Material, und etwas mit den eigenen Händen zu erschaffen, war die beste Tätigkeit, die er sich vorstellen konnte. Er freute sich auf die Werkbank, die er die letzten zwei Wochen nicht gesehen hatte. Die Tatsache, dass er auf das Arbeiten jetzt nicht mehr angewiesen war, gab ihm zusätzlich ein gutes Gefühl. Sein Chef Mick war oft jähzornig und ungerecht. Bestimmt hundertmal hatte sich

Bill über ihn geärgert. Aber nun wusste er, dass er jederzeit kündigen konnte, wenn er ihm irgendwie blöd kam.

»Morgen Bill. Gut, dass du wieder da bist. Wir haben noch mal einen Auftrag reinbekommen für die Kücheneckbank. Ich hoffe, der Urlaub war schön?« Sein Chef Mick Walters erwartete nicht wirklich eine Antwort auf diese Frage. Aber für seine Verhältnisse war er sehr freundlich zu Bill.
»Ist in Ordnung, Chef. Ich mache mich gleich an die Arbeit. Und danke der Nachfrage, der Urlaub war wunderbar.«
»Wo warst du denn?«
»In Paris.«
»Ernsthaft? Hast wohl eine neue Freundin, was?«
»Genauso ist es, Chef.« Aber Mick war schon weitergegangen und hörte seine Antwort gar nicht mehr.

Die Kücheneckbank war sein liebstes Möbelstück. Eine Zeitlang war sie aus der Mode gekommen, aber in letzter Zeit wurde sie mehr und mehr geordert. Bei anderen Möbelstücken brauchte man Metallarbeiter oder Glaser. Die Kücheneckbank aber war ganz aus Holz. Eine Eckbank, einen Tisch und zwei Stühle. Mit jedem Arbeitsschritt wurde das Naturprodukt Holz, das noch nach Wald roch, mehr und mehr zum Gebrauchsgegenstand.
Sein Kollege Johnny, der ihm seit über zehn Jahren in der Werkstatt gegenüberstand, begrüßte ihn mit einem Kopfnicken und einem kurzen Winken. Er hatte bereits die Schutzbrille aufgesetzt und war konzentriert bei der Arbeit. Er und Bill sprachen kaum miteinander und doch war Johnny irgendwie ein Vertrauter. Sie arbeiteten schon so lange Seite an Seite. Die Arbeit war nicht besonders kommunikativ und auch dafür war Bill dankbar. Dennoch würde er Johnny vermissen, wenn er nicht mehr da wäre. Ob es Johnny genauso gehen würde, wenn …? Egal, jetzt war nicht die Zeit für solche Gedankenspiele. Bill musste die Kücheneckbank fertigen und er war sich sicher, dieses

Exemplar würde besonderes gut werden. Bevor die neue Bestellung nicht abgearbeitet war, konnte er auf keinen Fall kündigen.

Am Abend rief er erst seine Tochter an, um sie zu fragen, ob sie Lust und Zeit hatte für einen Ausflug nach Virginia zu seiner Schwester Nelly. Sie sagte mit Freude zu. Dann wählte er die Nummer von Nelly. Wie lange hatten sie nicht miteinander gesprochen? Er konnte sich nicht erinnern.
»Nelly, hier ist Bill.«
»Bill? Was für eine Überraschung!«, Nelly klang freudig überrascht, als sie die Stimme ihres Bruders hörte, wurde dann aber gleich besorgt. »Ist etwas passiert?«
»Nein, warum sollte etwas passiert sein?«
»Ganz einfach, Bruderherz, weil du mich seit Jahren schon nicht mehr angerufen hast.«
»Also gut, es ist tatsächlich etwas passiert, aber etwas Schönes.«
»Lass mich raten: Du hast dich verliebt!«
»Nein, ich habe Jenny gefunden. Also sie mich, besser gesagt.«
Zwei Sekunden war es still in der Leitung.
»Du meinst Jenny, … deine Tochter?«
»Ja, sie heißt jetzt Anna.«
»Oh, mein Gott, Bill. Das ist ja wunderbar! Wie ist sie? Wie sieht sie aus? Sie müsste jetzt … Lass mich nachdenken, wie lange ist das her?«
»Sie ist 17, also gerade 18 geworden, um genau zu sein, und macht demnächst ihren High-School-Abschluss. Stell dir vor, sie sieht aus wie Jo.«
»Ist das wahr? Und wie kommt es, dass ihr euch getroffen habt?«
»Sie hat mich aufgesucht. Das Jugendamt hat ihr meine Adresse gegeben.«
»Und du siehst sie? Also ich meine, du siehst sie häufiger?«
»Ja, sie wohnt ganz in der Nähe. Wir sehen uns regelmäßig.«
»Und das sagst du mir erst jetzt? Kommst du mich mal mit ihr besuchen? Ich würde sie auch gerne kennenlernen.«

»Aber ja, deswegen rufe ich ja an. Wie wäre es nächstes Wochenende?«
»Das wäre phantastisch. Ich würde mich riesig freuen!«
»Bestens, dann also bis nächsten Samstag?«
»Kommt ihr wirklich? Versprochen?«
»Versprochen.«

Kapitel 36

Nelly White freute sich tatsächlich unbändig darauf, ihren Bruder wiederzusehen. Sie war es irgendwann leid gewesen, dass er sie nie zurückgerufen und auch ihre E-Mails nicht oder nur sehr knapp beantwortet hatte. Sie waren als Kinder sehr eng gewesen, aber als Erwachsene hatten sie den Zugang zueinander verloren. Sie freute sich, Bills Tochter kennenzulernen, auch wenn der Gedanke sie etwas nervös machte. Sie hatte sie ja nur als Baby gesehen und jetzt war sie eine erwachsene Frau.
Nelly ging schon zum dritten Mal durch ihre kleine Wohnung, um zu sehen, ob alles sauber und ordentlich war. Sie wollte unbedingt einen guten Eindruck hinterlassen. Bereits eine halbe Stunde vor dem vereinbarten Termin war alles bereit. Sie hatte den Kaffeetisch gedeckt und der selbst gebackene Kuchen stand auf dem Tisch.
Pünktlich um drei Uhr am Nachmittag klingelte es an der Tür. Bill stand vor ihr und in seiner Begleitung eine hübsche junge Frau.
»Bill! Bruderherz! Ich freue mich so!«, Nelly nahm Bill zur Begrüßung in den Arm. »Und Sie sind sicherlich Jenny.«
»Anna. Sie heißt Anna, das habe ich dir doch schon gesagt!«, warf Bill leicht vorwurfsvoll ein.
Anna lachte und streckte Nelly die Hand hin. »Ist ja egal, Sie können mich auch Jenny nennen.«
Ohne die ausgestreckte Hand zu ergreifen, umarmte Nelly auch Anna. »Kommt doch rein, bitte!«

Sobald die drei am Tisch saßen, war Nellys Nervosität wie verflogen. Sie hatte die gleichen Fragen wie Bill am Anfang. Sie wollte wissen, wie Annas Leben verlaufen war, wie ihre Pflegeeltern waren, warum sie nach Bill gesucht hatte. Anna beantwortete alle ihre Fragen. Sie war freundlich und wirkte entspannt. Immer wieder ergänzte Bill die Auskünfte, die Anna ihr gab, durch ein paar Anekdoten aus ihren gemeinsamen Erlebnissen. Auch von der Reise nach Paris erzählte Anna, aber ohne von Bills Krankheit zu sprechen. Ihr war klar, dass Bill das selbst erzählen musste, wann immer er den Zeitpunkt für angemessen hielt. Sie hatte ihn auf der Fahrt danach gefragt, ob Nelly davon wisse. »Nicht zu viel auf einmal. Ich sage es ihr später. Das hat noch Zeit«, war seine Antwort und Anna wollte nicht weiter insistieren.

Es war schön für Nelly, zu sehen, dass zwischen Bill und seiner Tochter eine Verbindung bestand, die harmonisch und freundschaftlich war. Sie wirkten nicht wie Vater und Tochter, sondern eher wie gute Freunde. Aber dass ihr das so vorkam, lag möglicherweise auch an ihrer eigenen Beziehung zu ihrem Vater, die so ganz anders gewesen war. Anna lobte den Kuchen und fragte, ob Nelly ihn selbst gebacken hätte.

»Ja, das habe ich. Es ist ein altes Rezept meiner Mutter. Bei ihr gab es immer diesen versunkenen Apfelkuchen. Weißt du das noch, Bill?«

»Ja, wie könnte ich das vergessen! Bei dir schmeckt er genauso gut wie damals.«

»Weißt du, Anna, du kannst wirklich froh sein, dass du Bill damals noch nicht gekannt hast. Heute ist ja etwas Anständiges aus ihm geworden, aber damals war er gemeingefährlich.«

»Nelly, was redest du für einen Unsinn! Am Ende glaubt Anna dir noch!«, warf Bill ein.

Nelly ignorierte den Bruder und wandte sich Anna zu.

»Doch, das stimmt. Bill war Mitglied in einer Rockerbande. Das waren damals ganz schwere Jungs. Warte mal, ich hole ein Foto.« Damit verschwand Nelly ins Nebenzimmer und kam kurz darauf mit einem Fotoalbum zurück.

»Sieh nur, so hat er damals ausgesehen.«

»Ach, du meine Güte! Das sieht aber wirklich nach Rockerbande aus! Waren das deine Freunde?«, Anna deutete auf die jungen Männer, die neben Bill auf dem Foto zu sehen waren.

»Das sieht doch nur so schräg aus wegen der Lederjacken. Das war eben modern damals. In Wahrheit waren wir doch ganz harmlos.«

»Hast du auch ein Bild von Jo?«, fragte Anna mit etwas leiserer Stimme. Noch hatte sie kein Foto ihrer leiblichen Mutter gesehen.
»Ja, warte mal. Hier müsste eigentlich auch ein Bild von ihr sein.« Nelly blätterte ans Ende des Albums. »Ja, schau hier. Das ist Bill mit Jo. Da sah Bill schon etwas normaler aus.«
»Wow, was für eine schöne Frau! Sie sieht so zart und zerbrechlich aus.«
»Ja, wie ein Engel«, bestätigte Nelly. »Aber du siehst ihr ähnlich, Anna. Du hattest Glück, stell dir vor, du würdest jetzt aussehen wie Bill!«
Beide Frauen lachten und sahen Bill fröhlich an. Aber dieser hatte Nellys Scherz gar nicht wahrgenommen. Wie gebannt schaute er auf das Foto von Jo.

Bis zum späten Abend saßen die drei zusammen. Nelly, die sonst immer früh ins Bett ging, fand die Gespräche mit ihrem lange verschollenen Bruder so anregend, dass sie überhaupt nicht müde wurde. Ihr wurde klar, wie sehr sie Bill vermisst hatten. Auch Anna hatte ihr vom ersten Moment an gefallen. Noch konnte sie gar nicht so richtig glauben, dass sie wirklich eine so nahe Verwandte war.
Bill war der Erste, dem die Augen beinahe zufielen und der daher vorschlug, schlafen zu gehen.
»Lass uns Schluss machen für heute, Nelly. Wir können morgen beim Frühstück weiterreden. Ich bin hundemüde.«
»Mein Gott, es ist ja schon nach Mitternacht! Wie die Zeit verflogen ist!«, rief Nelly, als sie auf die Uhr schaute. »Ja, lass uns schlafen gehen. Ich hoffe nur, es ist euch nicht zu unbequem hier.«
Bill und Anna hatten ihre Schlafsäcke mitgebracht und übernachteten nebeneinander auf dem Teppich im Wohnzimmer. Für ein Gästezimmer war die Wohnung nicht groß genug. Aber beide fanden den Teppich völlig ausreichend und waren innerhalb weniger Minuten eingeschlafen.

Am nächsten Morgen nach einem ausführlichen Frühstück verabschiedeten sich die beiden von Nelly. Beim Hinausgehen fiel Bills

Blick auf die Tageszeitung, die im Flur auf dem Telefontisch lag. Er konnte nicht glauben, was er dort als Schlagzeile las.
»Grace Shoemaker ist verhaftet worden?«, sagte er ungläubig.
»Ja, hast du das noch nicht gehört?«, fragte seine Schwester Nelly. »Die Zeitungen berichten doch schon seit Tagen darüber. Ihr früherer Mann, dieser Unternehmer, der vor ein paar Jahren einen Unfall hatte, wurde tatsächlich umgebracht.«
»Ist das wahr?«, Bill tat überrascht. In seinem Kopf überschlugen sich die Gedanken. Was bedeutete das für ihn?
»Ja, und seine Frau soll es wohl gewesen sein. Kennst du sie etwa?«
Nelly war eingefallen, dass Frau Shoemaker in Lansing lebte, im selben Ort, wo Bills Arbeitsstelle war.
»Kennen ist vielleicht zu viel gesagt. Ich bin ihr ein paar Mal zufällig begegnet.«
Bill überflog den Artikel.
»Und? Sieht sie aus wie eine Mörderin?«, fragte Nelly ihren Bruder.
»Wer weiß schon, wie Mörder aussehen?«

Bill war in Gedanken, als er mit Anna zurückfuhr. Was hatte Grace den Beamten wohl gesagt? Wussten sie schon von dem Auftragsmord und von der Erpressung? In der Zeitung stand, dass Grace alles abgestritten hätte. Der Verdacht, sie habe mit dem Mord an ihrem früheren Ehemann etwas zu tun, sei eine absurde Unterstellung, habe ihr Anwalt verlauten lassen. Aber Bill glaubte nicht, dass sie psychisch stark genug war, das durchzustehen. Unter den Verhörmethoden der Polizei würde sie vermutlich bald zusammenbrechen. Immerhin konnten die Shoemakers ihn nicht beschreiben. Sie hatten sein Gesicht nie gesehen. Würden sie seine Stimme wiedererkennen? Das Motorrad musste er jetzt dringend loswerden. Sicher würden sie nach Motorradfahrern suchen. Er zerbrach sich den Kopf, ob die Polizei ihn finden könnte. Bei der Übergabe hatte es keine Zeugen gegeben, da war er ganz sicher. Es war jetzt höchste Zeit, alles vorzubereiten. Er musste gerüstet sein für das, was er vorhatte.

»Das war doch ein nettes Treffen, oder?«, fragte Anna, als sie vor dem Haus ihrer Eltern ankamen. Auch sie war während der Fahrt in Gedanken versunken gewesen.
»Ja, ich fand es auch sehr schön. Danke, dass du mitgekommen bist.«
»Deine Schwester ist sehr nett. Ich komme gerne mal wieder mit, wenn du sie besuchst. Sie hat sich auch sehr gefreut, dich zu sehen, das hat man gemerkt.«
Beide waren ausgestiegen, aber Bill blieb vor dem Auto stehen.
»Was ist? Kommst du nicht mit rein?«
»Nein, Anna. Es tut mir leid, aber ich habe jetzt doch keine Zeit mehr. Mir ist eingefallen, dass ich dringend noch etwas erledigen muss.«
»Ist alles in Ordnung, Bill?«
»Ja, alles bestens. Mach dir keine Gedanken. Ich melde mich bei dir.«

Kapitel 37

Wie die Polizei es erwartet hatte, kam Samuel Shoemaker mit seinem Anwalt zum Verhör. Er wirkte wie versteinert und sagte die ganze Zeit über keinen Ton.
»Mein Mandant weist jede Anschuldigung von sich. Das unter Vorspiegelung falscher Tatsachen abgelegte Geständnis seiner Ehefrau Grace Shoemaker kann nach unserer Überzeugung nur durch psychische Gewalt seitens der Polizei zustande gekommen sein. Wir behalten uns rechtliche Schritte in dieser Angelegenheit vor.«
»Psychische Gewalt?«, entgegnete Jack. »Soll das ein Witz sein? Über die Befragung gibt es eine Aufzeichnung, wie Sie wissen.«
Jason legte seine Hand auf Jacks Arm, um ihn zu beruhigen. »Das bringt doch nichts, Jack.« Dann wandte er sich Samuel Shoemaker zu: »Herr Shoemaker, sind Sie bereit, unsere Fragen zu beantworten?«
Wieder antwortete der Anwalt: »Mein Mandant hat seinen bisherigen Ausführungen nichts hinzuzufügen. Er hat der Polizei bereits alle relevanten Informationen gegeben.«
»In Ordnung, dann beenden wir das Gespräch hiermit.«

Am späteren Vormittag saß Jason Klein mit seinem Team zusammen und sie berieten die Fortschritte bei den Ermittlungen. Die Abfrage bei den Ärzten in Lansing hatte nichts ergeben. Sie hatten jeden einzelnen Fall überprüft und nichts Verdächtiges gefunden. Offensichtlich war der Mörder nicht in Lansing zum Arzt gegangen. Da Samuel Shoemaker die Aussage verweigerte, hatten sie keine Beschreibung des Täters. Niemand im Ermittlerteam zweifelte daran, dass die erste Aussage von Grace Shoemaker der Wahrheit entsprach. Demnach hatte Samuel ihr nach der Übergabe des Geldes nur gesagt, dass der Erpresser mit dem Motorrad gekommen war, dass er männlich war, mittelgroß und schlank.
»Was machen wir jetzt? Wo sollen wir anfangen? Er kann ja überall

wohnen«, sagte Carl. Er war leicht gereizt und Jason wusste auch, warum. Er hatte aber das Gefühl, dass sie kurz davor waren, diesen ganzen Severing-Fall zu knacken. Ein Geständnis hatten sie ja schon, auch wenn das, wie erwartet, wieder zurückgenommen worden war. Bis zum Prozessbeginn mussten sie möglichst viele Fakten gesammelt haben. Der Auftragsmörder und spätere Erpresser war dabei der Schlüssel zu allem.

Plötzlich klopfte es an der Tür und Amy, die Assistentin von Jason, trat ein.
»Jason, hier ist eine Frau, die eine Aussage machen möchte zu dem Severing-Fall.«
»Danke, Amy, ich komme sofort.«
Die ältere Dame trug ein blau-grau gemustertes Kleid und eine randlose Brille. Ihre Haare waren grau und erinnerten ein wenig an Stroh.
»Guten Tag, Frau ...«
»Elling ist mein Name. Sarah Elling.«
»Freut mich, Frau Elling. Sie wollen also eine Aussage zum Fall Severing machen?«
»Ja, ich habe das in der Zeitung gelesen. Ist ja alles ganz schrecklich. Ich habe den Mann gekannt, wissen Sie. Ich wohne schon seit vielen Jahren neben der Villa von Severings, also von Shoemakers, meine ich.«
»Haben Sie denn damals etwas beobachtet, Frau Elling?«
»Also nein, damals nicht. Aber da war in der letzten Zeit immer so ein merkwürdiger Typ mit einem Motorrad, der die Shoemakers beobachtet hat. Ich kannte ihn nicht, wahrscheinlich wohnt er nicht in der Gegend. Aber es ist mir schon komisch vorgekommen. Er saß oft hinter dem Busch. Manchmal stundenlang.«
Jetzt wurde Jason hellwach. »Können Sie den Mann beschreiben?«
»Nein, das kann ich nicht. So genau habe ich ihn auch nicht gesehen. Aber ich habe mir das Kennzeichen notiert. Also für alle Fälle, man weiß ja nie.« Die Frau holte einen Zettel aus ihrer Handtasche. »Das hier ist das Kennzeichen von seinem Motorrad.«

Jason konnte sein Glück kaum fassen. Er nahm den Zettel in die Hand. Jemand auf einem Motorrad, der die Shoemakers beobachtete. Das war die erste wirklich heiße Spur in diesem Fall, die vielleicht zu dem Erpresser führen konnte.

»Vielen Dank, Frau Elling. Sie haben uns sehr geholfen.«

»Herr Kommissar, glauben Sie, dass das der Mörder ist?«

»Das wissen wir nicht, aber wir gehen jedem Hinweis nach. Vielen Dank, Frau Elling, mein Kollege führt Sie nach draußen.«

Der Halter des Fahrzeugs war schnell ausfindig gemacht. Es war ein gewisser William Russel White. Bereits eine halbe Stunde später saßen Jason und Jack im Auto. Beide hofften inständig, dass es sich bei diesem William um den Erpresser handeln würde und sie den Fall heute Abend noch abschließen konnten. Oder dieser mysteriöse Beobachter war nur ein normaler Stalker und hatte mit der ganzen Sache nichts zu tun.

Die Wohnung lag in einem guten Viertel. Jason betätigte die Klingel, aber niemand öffnete. Er klingelte erneut.

»Ist egal, Chef«, meinte Jack. »Wir haben ihn so gut wie sicher. Wir geben einen Haftbefehl raus, dann ist es nur noch eine Frage von Stunden, bis er irgendwo auftaucht.«

Bill saß auf der anderen Straßenseite im Auto und starrte den beiden Männern nach. Das war ganz schön knapp, dachte er. Beinahe hätten sie ihn erwischt. Es war schneller gegangen, als er erwartet hatte. Die Polizei war ihm also auf die Schliche gekommen. Er musste jetzt schnell handeln. Eine tiefe innere Ruhe breitete sich in ihm aus. Er wusste genau, was jetzt zu tun war.

Kapitel 38

Wie so häufig fuhr Jack zu schnell. Jason sah auf den Tachometer, wollte aber den Kollegen nicht zurechtweisen. Außerdem hatten sie es eilig.
»Ich hoffe wirklich, dass sie uns weiterhelfen kann«, sagte Jason stattdessen.
»Ja, offensichtlich ist sie die einzige Verwandte, die dieser White noch hat. Er ist nicht verheiratet und beide Eltern leben nicht mehr. Vielleicht haben wir ja Glück und er hat sich bei ihr gemeldet.« Man konnte deutlich die Hoffnung in Jacks Stimme hören, dass dieser Fall bald zu Ende sein möge.
»Ja, vielleicht. Wenn er allerdings ein Profi ist, dann weiß er, dass wir bei der Verwandtschaft als Erstes nach ihm suchen werden.«
»Du solltest aber nicht vergessen, dass er wahrscheinlich sehr krank ist, Chef. Vielleicht braucht er auch jemanden, der ihn pflegt. Ins Krankenhaus ist er jedenfalls nicht gegangen, wir haben alle Einrichtungen im Umkreis von 100 Kilometern verständigt. Irgendwo muss er ja mal auftauchen, er kann ja nicht vom Erdboden verschwunden sein.«

Wenig später klingelten die beiden bei Nelly White. Die Frau, die ihnen öffnete, war zart und blass. Sie sah die beiden Männer mit fragendem Blick an.
»Frau White? Sie sind die Schwester von William Russel White?«
»Ja, warum fragen Sie nach ihm?«
»Wir sind von der Polizei. Mein Name ist Jason Klein und das ist mein Kollege Jack Bernard. Können wir kurz hereinkommen?«
»Oh, mein Gott! Ist ihm etwas passiert?«, Nelly war sofort alarmiert.
»Nein, wir suchen ihn im Zusammenhang mit Ermittlungen in einem Mordfall.«
»Ein Mordfall? Ist er ein Zeuge? Aber bitte, kommen Sie doch erst einmal herein«, Nelly führte die beiden ins Wohnzimmer.

»Frau White, wissen Sie, wo Ihr Bruder sich aufhält?«, fragte Jack.
Jason beobachtete jede Reaktion der Frau.
»Wie meinen Sie das? Ist er denn nicht zu Hause?«
»Nein, da ist er nicht.«
»Dann wird er vielleicht bei seiner Tochter sein?«
Jason und Jack warfen sich einen kurzen Blick zu.
»Herr White hat eine Tochter?«
»Ja, Anna ist ihr Name. Sie ist gerade 18 geworden.«
»Und was ist mit der Mutter?«
»Ihre Mutter ist kurz nach der Geburt bei einem Autounfall gestorben. Anna ist bei Pflegeeltern aufgewachsen. Mein Bruder war nicht mehr er selbst nach ihrem Tod. Aber jetzt hat er wieder Kontakt mit seiner Tochter. Er ist jetzt ganz der stolze Vater, das kann ich Ihnen sagen!«
»Frau White, haben Sie vielleicht ein Foto von Ihrem Bruder?«
»Ja, schauen Sie hier.« Nelly holte das Foto von Bill und Jo, das sie auch Anna gezeigt hatte.
Jason und Jack schauten auf das junge, gut aussehende Paar.
»Wie alt ist dieses Foto?«, fragte Jack.
»Das war ziemlich genau vor 18 Jahren. Wenige Tage später war Jo tot.«
»Haben Sie vielleicht ein aktuelles Bild von Ihrem Bruder?«, Jack war bereits leicht genervt. Was sollten sie mit einem Jugendbild anfangen?
»Nein, das tut mir leid. Ein aktuelles Bild habe ich leider nicht. Aber sagen Sie doch bitte, warum Sie ihn suchen! Sie sind sicher, dass ihm nichts passiert ist?«
»Wie ich schon sagte, wir ermitteln in einem Mordfall«, entgegnete Jack ungeduldig. »Wir brauchen von ihm lediglich eine Aussage. Können wir uns mal kurz in Ihrer Wohnung umsehen?«
»Ja, natürlich. Aber warum? Was suchen Sie?«

Jason blieb bei der Frau und versuchte, sie zu beruhigen, während Jack die wenigen Zimmer betrat und sich umschaute. Es gab keine Anzeichen, dass ein männlicher Gast hier wohnte. Weder ein Gästebett noch eine zweite Zahnbürste im Bad. Hier war Bill White also nicht versteckt.

»Wissen Sie, ob Ihr Bruder ernsthaft erkrankt ist?«, fragte Jason, als Jack wieder zurückkam und den Kopf schüttelte.

»Bill krank? Nein, davon weiß ich nichts. Er war ja erst letztes Wochenende mit Anna hier zu Besuch. Da wirkte er ganz normal. Nein, er ist ganz bestimmt nicht krank.«

»Eine letzte Frage, Frau White. Ist Ihnen in jüngster Zeit eine Veränderung an Ihrem Bruder aufgefallen? Hatte er beispielsweise deutlich mehr Geld als vorher?«

»Geld? Nein, warum sollte er? Also Geld war ihm eigentlich nie wichtig. Er hat als Schreiner gar nicht so schlecht verdient, aber reich war er nie. Worauf wollen Sie hinaus? Verdächtigen Sie ihn?«

»Wir ermitteln einfach nur in jede Richtung. Wir verdächtigen niemanden.«

»Mein Bruder ist ein ehrlicher Mensch. Er hat nie krumme Sachen gemacht, das können Sie mir glauben.«

»Nur für den Fall, dass er bei Ihnen auftaucht, rufen Sie uns bitte umgehend an«, sagte Jack und gab Nelly seine Visitenkarte.

»Natürlich, das mache ich.«

»Weißt du was, Jack, ich glaube, das ist nicht unser Mann«, meinte Jason, als sie wieder im Auto saßen.

»Nein, das klang ganz und gar nicht danach. Aber was macht ein liebender Vater und Bruder, der am Wochenende seine Schwester besucht, hinter dem Busch bei den Shoemakers?«

»Vielleicht war die Aussage von Frau Elling einfach nicht richtig? Vielleicht hat sie sich getäuscht?«

»Kann sein. Allerdings hat sie ja gesagt, dass sie ihn mehrmals gesehen hat. Die Frau schien mir den Eindruck zu machen, als verbringe sie einen Großteil des Tages am Fenster. Solche Frauen täuschen sich nicht so schnell.«

»Oder der mysteriöse Stalker hat sein Motorrad an ihn verkauft.«
»Das hoffe ich nicht. Auf jeden Fall kann uns nur noch dieser Herr White selbst weiterhelfen.«
»Ja, aber lass uns jetzt erst mal Feierabend machen. Ich treffe mich heute noch mit Susan, der Schreibtisch ist zwar voll, aber das muss jetzt eben bis morgen warten.«
»Klingt nach einer sehr weisen Entscheidung, Chef.«

Kapitel 39

Jason wachte schweißgebadet auf. Sein Herz raste und sein ganzer Körper war erfüllt von Panik. Erst langsam begriff er, dass er geträumt hatte. Susan lag neben ihm und schlief noch tief und fest. Er stand leise auf und ging ins Bad. Den nassen Schlafanzug warf er in die Wäschetonne und ging kurz unter die Dusche. Anschließend fühlte er sich etwas besser, aber er wollte nicht zurück ins Bett. An Schlafen war ohnehin nicht mehr zu denken. Er zog seinen Bademantel an und ging ins Wohnzimmer. Vom großen Fenster aus hatte man einen wunderschönen Blick über die Stadt. Beim Aufwachen hatte er gedacht, es wäre noch mitten in der Nacht, dabei war es schon sechs Uhr am Morgen. Draußen wurde es ganz langsam hell. Er setzte sich auf den Sessel am Fenster. Ein paar Sekunden schaute er einfach nur in den Himmel. Sein Traum war so realistisch gewesen. Jason kannte sonst keine Albträume, jedenfalls konnte er sich nicht erinnern, jemals so aufgewühlt aus einem Traum erwacht zu sein. Er versuchte, sich ins Bewusstsein zu rufen, was er geträumt hatte, aber es zerfloss in seinem Gedächtnis. Es blieben nur die Gefühle. Angst und Panik. Irgendetwas war einem nahestehenden Menschen zugestoßen. War es Susan gewesen? Er hatte im Traum ihre Hand gehalten. Warum? Was war geschehen? In dem Moment ging im gegenüberliegenden Haus das Licht an. Eine junge Frau mit einem Baby auf dem Arm war kurz am Fenster zu sehen. Sie hatte ein Fläschchen in der Hand. Dann verschwand sie wieder aus Jasons Blickfeld.

Seine Gedanken wanderten zum gestrigen Abend. Susan und er waren zusammen im Kino gewesen und anschließend ein Eis essen. Beide waren gut gelaunt und lachten viel. Er sah das lachende Gesicht von Susan genau vor sich. Die strahlenden Augen. Die Grübchen an den Wangen. Alles war so vertraut, als würden sie sich schon sehr lange kennen. Er war in Susans Wohnung geblieben, auch wenn er vergessen hatte, seine Zahnbürste mitzubringen. Susan hatte ihm eine gegeben und gesagt, es wäre wohl das Beste, sie immer hierzulassen. Er mochte den Klang in ihrer Stimme, als sie »immer« sagte. Er fühlte sich so wohlig, als Susan diese Worte aussprach.

Ihm war schon länger klar geworden, wie wichtig die Beziehung zu Susan ihm war. Aber heute Morgen spürte er es geradezu körperlich. Er wollte sie bedingungslos lieben und nie wieder verlieren. Nichts im Leben war ihm so wichtig wie die Beziehung zu ihr. Das Gespräch mit Jack fiel ihm wieder ein. Der hatte sich doch vor einigen Tagen so poetisch ausgedrückt. »Ein neues Nest bauen«, hatte er es genannt. Genau das wollte er mit Susan tun. Er spürte plötzlichen Tatendrang und ein euphorisches Gefühl durchströmte seinen Körper. Er ging zum Computer, der in Susans Arbeitszimmer stand.

Erst sehr viel später stand Susan auf und kam zu ihm ins Arbeitszimmer. Sie trug noch ihren Schlafanzug und sah etwas zerzaust aus. »So früh schon am Arbeiten, Jason? Wollen wir nicht erst mal frühstücken?«
»Ich bin nicht am Arbeiten.«
»Sondern?«, Susan schaute jetzt gähnend über seine Schulter. »Immobilien?«
»Ja, ich dachte, ich schaue mal, was es so auf dem Markt gibt. Du wolltest in der Stadt wohnen, nicht wahr? Wie viele Zimmer, denkst du, brauchen wir?«
»Was sagst du da? Du schaust nach einer Wohnung? Und was ist mit deinem Haus? Du hast doch gesagt, du wolltest nicht ausziehen.«
»Ich könnte das Haus ja vermieten.«
»Ist das dein Ernst?«, Susan strahlte über das ganze Gesicht.
»Ja, das ist mein voller Ernst. Wenn du nicht zu mir ziehen willst und ich nicht zu dir, sollten wir uns ein eigenes Nest bauen, was meinst du?«
»Ein eigenes Nest bauen?«

»Ja, wir müssen uns nur einig werden, was wir wollen.«
»Und wo möchtest du die Wohnung suchen? In der Stadt oder außerhalb?«, Susan war noch immer etwas ungläubig, dass Jason wirklich bereit sein sollte, sein Haus aufzugeben.
»Ist mir eigentlich egal, wo wir wohnen. Ich fühle mich überall wohl, wo du auch bist.«
»So romantisch kenne ich dich ja gar nicht. Was ist nur los mit dir?«, Susan küsste Jason leicht auf die Stirn.
»Also gut, dann werde ich etwas pragmatischer. Wir sollten einen Stadtteil auswählen, der für uns beide logistisch günstig ist. Alles andere ist mir wirklich egal.«
»Und die Wohnung sollte einen Balkon haben, finde ich. Damit jeder ein eigenes Arbeitszimmer hat, bräuchten wir vier Zimmer. Gerne eine große Küche …«
»Das klingt gut. Da sollten wir was finden«, Jason tippte die Kriterien in den Computer ein. »Schau mal hier«, er zeigte auf den Bildschirm. »Fantastisch! Das sieht aus wie unsere neue Wohnung, oder?«

Kapitel 40

Lisa Malone war kein Mensch, der zu Selbstmitleid neigte. Aber heute war wirklich ein furchtbarer Tag. Lucas ging es wieder schlechter und der Arzt hatte ihr nicht allzu viel Hoffnung gemacht. Betty wurde mit Läusen vom Kindergarten nach Hause geschickt und die Einrichtung war nun erst mal drei Tage geschlossen. Es wurde empfohlen, nicht nur das Kind, sondern alle Sachen einmal zu waschen. Die Läuse könnten überall sein. Dabei musste Lisa dringend einkaufen und wollte heute eigentlich erneut einen Antrag auf Härtefallregelung stellen, für eine neue Wohnung. Stattdessen war sie den ganzen Tag damit beschäftigt, die Wäsche zu waschen. Es kam ihr so vor, als wären die Läuse jetzt auf ihrem Kopf und auch am ganzen Körper, aber vielleicht war das nur Einbildung.

Als es an der Tür klingelte, war sie gerade dabei, das Essen für Emily vorzubereiten. Sie schaute durch den Spion und sah einen Mann vom Paketzustelldienst. Wahrscheinlich eine Verwechslung, dachte sie und öffnete die Tür.
»Lisa Malone?«
»Ja, das bin ich.«
»Bitte sehr«, der Mann übergab ihr ein kleines Päckchen.
»Aber ich habe gar nichts bestellt.«
»Das höre ich häufiger«, sagte der Mann und hielt ihr einen Zettel hin. »Bitte hier unterschreiben. Sie werden sich schon wieder erinnern, wenn Sie die Sachen auspacken.«
Lisa brachte das Paket in die Küche. Der Mann konnte es ja nicht wissen, aber sie hatte wirklich ganz sicher nichts bestellt. Dafür fehlte ihr schlichtweg das Geld. Die Kleider für sich und die Kinder kaufte sie immer nur im Second-Hand-Laden. Komischerweise war kein Absender auf dem Paket. Vielleicht irgendeine Werbesendung? Sie nahm die Schere aus der Küchenschublade und machte das Paket

auf. Es enthielt viele einzelne Umschläge. Sie schaute in den ersten hinein und …
»Oh, mein Gott!«, Lisa nahm die zahlreichen Scheine in die Hand. Sie öffnete die anderen Umschläge und in jedem befanden sich, gut sortiert, 100-Dollar-Scheine. Das musste unglaublich viel Geld sein. Jetzt sah sie den Zettel.

»Nehmen Sie das Geld und fahren Sie mit Ihren Kindern an die Westküste. Dort ist die Luft besonders gut.«

Lisa starrte minutenlang auf den Zettel. Dann umgriff sie das Päckchen mit beiden Händen. Würde sie das Geld wirklich behalten können? Wo kam es her? Erst ganz allmählich wurde ihr klar, was das Geld bedeutete. Was sie damit alles machen konnte. Weit mehr, als an die Westküste zu fahren.
»Was ist los, Mami, bist du traurig?«, Betty stand in der Tür.
»Nein, ich bin nicht traurig, mein Schatz.«
»Aber du weinst doch, oder? Deine Augen sind ganz nass.«
Betty ging auf ihre Mutter zu und Lisa nahm sie in die Arme.
»Weißt du, mein Schatz, nicht immer, wenn man weint, ist man traurig.«

Kapitel 41

Bill wusste, dass der Tag nun gekommen war. Er fuhr geradewegs in Annas Wohnort. Er hatte ihre Handy-Nummer und konnte nur hoffen, dass er sie erreichen würde. Aber zuerst musste er alles vorbereiten. Diesmal musste es etwas Besonderes sein. Er hielt vor dem einzigen Fünf-Sterne-Hotel der Stadt.
»Für ein Glas Wein wird ja wohl noch Zeit sein«, sagte sich Bill, als er in seiner Suite angekommen war. Er ging zur Minibar und goss sich ein großes Glas besten Rotwein ein. Damit setzte er sich auf das bequeme Sofa in der Sitzecke. Der Wein schmeckte samtig und nach Waldbeeren. Sicher gab es viele Menschen, die ihr Leben unter unangenehmeren Umständen beenden mussten, dachte er, während er den Ausblick aus den bodentiefen Fenstern genoss. Wahrscheinlich sogar die große Mehrheit der Menschen. Wie von magischer Hand gelenkt, hatte sich in den letzten Tagen alles positiv gefügt. Alles in seinem Leben war gut geworden. Er hatte seine Tochter gefunden. Der Gedanke an sie erfüllte ihn mit unendlichem Stolz. Anna würde etwas aus ihrem Leben machen, da hatte er gar keinen Zweifel. Sie würde weiterleben, auch wenn es für ihn nun zu Ende ging. Mit ihr hatten Jo und er etwas Wunderbares geschaffen.

Er selbst hatte in seinem Leben ein paar Fehler gemacht, aber was für ein Glückspilz war er doch, dass er nicht dafür bezahlen musste! Stattdessen hatte sich auch hier alles gefügt. Es war Gerechtigkeit eingekehrt. Grace Shoemaker war verhaftet worden und würde endlich für den Mord an ihrem ersten Mann einstehen müssen. Er hatte keinen Zweifel daran, dass sie die besten Anwälte mobilisieren würde, um ihren Hintern zu retten. Aber spätestens wenn die Polizei sein Geständnis erhielt, würde ihr das nicht mehr gelingen. Er schaute auf den Umschlag, der vor ihm auf dem Tisch lag. Er hatte alles bis

ins kleinste Detail beschrieben. Nur eine Sache hatte er ausgelassen, nämlich den Auftrag, den Lisa Malones Mann ihm gegeben hatte. Für Lisa wünschte er sich, dass sie nie wieder in Schwierigkeiten kommen würde. Er hatte dafür getan, was ihm möglich war. In ihrem Fall hatte er eine Ausnahme gemacht, denn hier ging es nicht um die Wahrheit. Was würde die Wahrheit hier nützen?
Von dieser Ausnahme abgesehen, war Wahrheit für Bill jetzt das Allerwichtigste. Er fühlte sich bereit und wählte Annas Nummer.
Anna war zu Hause und freute sich über seinen Anruf.
»Du bist hier? Warum im Hotel?«
»Ich erkläre dir alles, wenn du herkommst.«
»Ich bin schon auf dem Weg.«

Es klopfte an der Tür. Bevor Bill öffnete, schluckte er das Gift. Er tat es sehr bewusst und ohne Reue. Von jetzt an hatte er noch 20 Minuten. Das würde reichen.
»Bill, was ist passiert? Geht es dir nicht gut?«, Anna schien etwas besorgt, da er sie so kurzfristig hergebeten hatte.
Bill umarmte sie. »Lass dich erst mal begrüßen, Anna! Schön, dass du kommen konntest.«
»Das war kein Problem, ich war zu Hause. Du klangst so merkwürdig am Telefon!«
»Erlaubst du, dass ich mich ins Bett lege? Ich weiß, dass ist jetzt nicht besonders höflich, aber ich glaube, es wird schon in wenigen Minuten der beste Ort für mich sein.«
»Was hast du denn?«
Anna setzte sich an den Rand des Bettes, sobald Bill sich hingelegt hatte. Sie schaute ihn mit besorgten Augen an.
»Ich habe dich hierhergerufen, um mich von dir zu verabschieden.«
»Nein, bitte nicht!«, Anna war alarmiert. Sie erkannte sofort, dass das kein Scherz war. Bill ergriff ihre Hand.
»Anna, bitte höre mir genau zu. Heute ist kein trauriger Tag. Ich werde sterben, aber das wussten wir doch schon länger. Und jetzt ist der

richtige Zeitpunkt gekommen. Ich fühle mich bereit. Aber du musst noch etwas für mich tun.«
»Was hast du getan? Hast du Gift genommen? Oder Tabletten?«
Anna schaute sich im Hotelzimmer um. Sie suchte nach einer Medikamentenpackung, konnte aber keine entdecken. Panik stieg in ihr hoch. Es durfte doch nicht sein, dass ihr Vater jetzt schon starb! Es war doch viel zu früh.
»Anna, wir haben nicht viel Zeit. Du musst mir zuhören, bitte!«
Anna schaute ihn an. Er sah ganz entspannt aus. Langsam legte sich auch ihre Panik.

Anna unterbrach ihn kein einziges Mal, als Bill ihr die Geschichte erzählte, von Timothy Severing, von Lisa und Luis Malone und von Hedi Cooper. Sie sah ihn manchmal etwas ungläubig an, aber sie hörte ihm einfach nur zu. Allmählich wurde Bills Stimme schwächer und er schien Probleme beim Atmen zu haben.
»Ich war kein guter Mensch und auch kein guter Vater. Ich kann das nicht wieder gutmachen.«
»Ich kann das nicht glauben. Du willst mir sagen, dass du für Geld Menschen umgebracht hast? Du bist so etwas wie ein Auftragskiller?«
»Es fällt mir heute selbst schwer, eine ... Erklärung für alles zu finden. Ich habe versucht, es zu verstehen, indem ich die Menschen besucht habe, aber es ist mir nicht gelungen.«
»Warum hast du es getan? Wegen des Geldes?«
»Ja ... auch. Das Geld hat eine Rolle gespielt. Aber es fing an ... nach dem Tod von Jo. Ich war so ... haltlos. Ich will es nicht rechtfertigen. Es war falsch. Es tut mir leid.«
Anna fing an zu weinen. Bill ergriff ihre Hand.
»Ist das der Grund, warum du dich jetzt umbringst? Um deiner Strafe zu entgehen? Im Falle von Timothy Severing wurde die Frau doch verhaftet, nicht wahr? Sie sind dir also auf den Fersen, und das mit dem Krebs war nur eine Lüge?«

»Nein, ich habe dich nicht angelogen. Das mit meiner Krankheit stimmt. Ich hatte meinen Tod schon länger geplant, aber der Zeitpunkt, das stimmt, der hat auch mit den … Ermittlungen zu tun.«
»Das ist alles so verwirrend. Ich dachte, ich habe meinen Vater gefunden, und dann bist du krank. Und jetzt erfahre ich, dass du nicht der bist, für den ich dich gehalten habe. Du hast mich von Anfang an belogen.«
»Nein Anna, ich … ich habe … dich nicht belogen. Du … weißt jetzt alles … über mich.« Bill atmete schwer.
Anna wandte sich ab. Ihr war nach Flucht zumute. Am liebsten wäre sie aus dem Zimmer gelaufen. Aber sie hörte sehr deutlich, wie Bills Atem unregelmäßig wurde. Er würde in wenigen Minuten tot sein. Sie sah ihn an. Seine Augen waren geschlossen. Anna fing an zu weinen.
»Vater, du sagtest vorhin, dass ich noch etwas für dich tun kann?«, Annas Gesicht war tränenüberströmt und ihre Stimme zitterte.
Bill öffnete die Augen nur halb.
»Ja, dort auf dem Tisch liegt mein … Geständnis. Bitte gebe es dem … Kommissar. Seine Nummer …«, Bill brach ab und schloss erneut die Augen. Er war jetzt kaum noch bei Bewusstsein. Anna lehnte sich zu ihm hin und war mit ihrem Ohr jetzt fast an seinem Mund.
»Seine Nummer …«
»Ich sehe schon. Seine Nummer liegt hier auf dem Nachttisch. Ich werde das erledigen, Vater. Ich verspreche es.«
Sein Atem ging jetzt ganz flach und er sah aus, als würde er schlafen. Anna legte sich neben ihren Vater ins Bett und nahm ihn ganz fest in die Arme. Sie spürte, wie sein Körper sich entspannte.
»Anna«, es war nur ein Flüstern. »Anna, ich … ich sterbe glücklich. Ich hatte ein schönes Leben … Ich habe dich gefunden.«
»Ist schon gut, Vater. Alles ist gut.«
Anna blieb neben Bill liegen, bis sie keinen Herzschlag mehr spüren konnte und der Atem völlig aufgehört hatte. Dann stand sie auf, nahm

den Zettel, der auf dem Nachttisch lag, und griff mit zitternden Händen nach ihrem Mobiltelefon.

Sie musste jetzt seinen letzten Wunsch erfüllen und zu Ende bringen, was er begonnen hatte. Erst dann würde er in Frieden ruhen können.

EPILOG

Die beiden Frauen saßen auf dem kleinen Balkon einer bürgerlichen Neubausiedlung und schauten in die untergehende Abendsonne. Der Tag war sommerlich warm gewesen, jetzt wurde es etwas kühler. Beide hatten ein Glas Rotwein in der Hand und ihre Füße auf dem Geländer.
»Ich bin so froh, dass es Lucas jetzt wieder etwas besser geht. Er war heute sogar mit den anderen Jungs beim Fußballspielen. Ich freue mich so sehr über jeden Tag, den er genießen kann.«
»Ja, ich bin auch sehr froh darüber. Die neue Therapie zeigt wirklich gute Erfolge.«
»Und der Urlaub an der Westküste hat auch geholfen.«
»Der Urlaub hat aber nicht nur ihm, sondern euch allen gut getan, nicht wahr?«
»Ja, für mich war es wie ein Traum. Es war mein erster Urlaub seit mehr als zehn Jahren. Monterey hat mir besonders gut gefallen. Und Carmel natürlich. Wenn ich mehr Geld hätte, würde ich da hinziehen, glaube ich. Die Luft ist einfach so viel besser und die Landschaft atemberaubend.«
Anna lächelte. Immer wenn Lisa von ihrem Urlaub sprach, geriet sie ins Schwärmen.
»Weißt du, Anna, manchmal frage ich mich, wie lange es dauern wird, bis das Schicksal wieder zuschlägt und etwas ganz Schlimmes passiert.«
Anna drehte den Kopf zu Lisa.
»Wie kommst du denn auf die Idee? Warum sollte denn etwas Schlimmes passieren?«
»Ich weiß nicht, ich hatte so viel Glück in letzter Zeit. Da wird man einfach skeptisch.«
»Du hast es aber auch wirklich verdient, mal Glück zu haben, findest du nicht?«
»Das kannst du laut sagen.«

»Außerdem war es mehr als Glück. Du hast auch selbst ganz viel dazu beigetragen. Andere hätten das Geld verprasst, aber du hast es gut genutzt. Das hast du nur geschafft, weil du so clever bist.«

Lisa wusste, dass Anna Recht hatte. Auch wenn sie selbst dem Zufall den größeren Anteil an ihrem Glück zusprach. Denn alles hatte damit angefangen, dass sie das Geld in dem Paket gefunden hatte. Von Anfang an war ihr klar gewesen, dass sie viele andere Dinge erledigen musste, bevor sie den Urlaub an die Westküste antreten konnte, den der edle Spender ihr geraten hatte. Das Allerwichtigste war die neue Wohnung. Noch am gleichen Tag war sie die Anzeigen für Wohnungsangebote im Internet durchgegangen. Die Kaution sowie einen Monat Miete im Voraus konnte sie ja nun problemlos zahlen. Mit der neuen Adresse war auf einmal auch die staatliche Kinderbetreuung besser und die Jobsuche viel einfacher. Sie hatte zunächst als Mädchen für alles in einer Autozulieferfirma angefangen. Vom Postaustragen bis zum Kaffeekochen hatte sie alles erledigt, wofür man keine Erfahrung brauchte. Erst als die Firma eine Niederlassung in Brasilien plante, war ihrem Chef aufgefallen, dass sie als Kind von brasilianischen Einwanderern perfekt Portugiesisch sprach. Er hatte sie als seine Sekretärin eingestellt und ihr Gehalt verdoppelt. Tatsächlich begleitete sie ihren Chef nun häufig auf Dienstreisen und übersetzte bei Gesprächen mit den brasilianischen Partnern. Das war der Moment gewesen, in dem sie die Anzeige an der örtlichen Universität aufgab: »Biete kostenloses Zimmer mit Bad gegen gelegentliche Betreuung von drei liebenswerten Kindern.« Sie hatte die Krankheit von Lucas nicht erwähnt. Die ersten beiden Studentinnen, die sich daraufhin gemeldet hatten, waren angewidert von Lucas' Hustenanfällen. Eine fand es unmöglich, dass sie diese »erschwerten Bedingungen« nicht gleich in der Anzeige erwähnt hatte. Und dann war Anna gekommen.

»Auch dass ich dich gefunden habe, war so ein Glücksfall. Ich hätte nie gedacht, dass ich neben einer Babysitterin auch eine Freundin finden würde, als ich die Anzeige aufgegeben habe. Meine Erwartung war eher eine verwöhnte Göre, die ich gerade so ertragen kann. Aber stattdessen kam ein Engel wie du.«

Anna lachte. »Als Engel hat mich nun wirklich noch nie jemand bezeichnet. Aber du weißt ja, dass es auch für mich ein Glück war, dass du diese Anzeige aufgegeben hast. Deine Kinder sind wunderbar, auf sie aufzupassen, empfinde ich nicht als Arbeit. Und du hast mir damit ermöglicht, dass ich studieren kann, ohne meinen Eltern allzu sehr auf der Tasche zu liegen.« Lisa wusste, dass Anna von ihren Adoptiveltern sprach. Diese waren zwar nicht arm, aber auch nicht gerade wohlhabend. Sie hätten für Anna ihr letztes Hemd gegeben, aber Anna war wohler dabei, wenn sie ihnen nicht zu viel zumutete.

»Ich bin froh, dass du studierst und etwas aus deinem Leben machen kannst. Nur aufs Glück kann man sich ja nicht verlassen.«

Beide Frauen schwiegen einen Moment und genossen die kühlere Abendluft. Anna war die Erste, die wieder sprach.

»Und du hast wirklich nie herausgefunden, wer dir das Geld gegeben hat?«

»Nein, aber ich glaube fest, dass es der Mensch vom Jugendamt war. Er muss allerdings nur ganz kurz dort gearbeitet haben, denn als ich seinen Kollegen nach ihm fragte, kannte er ihn gar nicht.«

»Die Kollegen kannten ihn gar nicht?«

»Nein! Komisch, oder? Aber vielleicht habe ich den falschen Mitarbeiter erwischt. Letztlich war es mir auch egal. Ich hätte mich nur gerne bei ihm bedankt, sofern er wirklich der Wohltäter war.«

»Wie oft war er denn bei dir?«

»Nur ein einziges Mal. Das war, kurz bevor ich das Päckchen geschickt bekam. Auch deswegen glaube ich, dass er etwas damit zu tun hatte. Ich habe gleich gemerkt, dass er ein guter Mensch war. Mit dem Jugendamt habe ich ja nun wirklich nicht gerade gute Erfahrungen gemacht, aber bei ihm sah man es an seinen Augen, die so freundlich waren. Er hat sich wirklich für mich und meine damals ziemlich desolate Situation interessiert. Weißt du, solche Menschen trifft man nicht allzu häufig im Leben.«

»Ja, du hast Recht. Manchmal trifft man jemanden und spürt gleich, dass er etwas ganz Besonderes ist«, sagte Anna und hoffte, dass es dunkel genug war, damit Lisa die Tränen nicht sah, die über ihre Wangen liefen.